Gröls Verlage

„BÜCHER SIND WIE FALLSCHIRME. SIE NÜTZEN UNS NICHTS, WENN WIR SIE NICHT ÖFFNEN."

Gröls Verlag

Redaktionelle Hinweise und Impressum

Das vorliegende Werk wurde zugunsten der Authentizität sehr zurückhaltend bearbeitet. So wurden etwa ursprüngliche Rechtschreibfehler *nicht* systematisch behoben, denn kleine Unvollkommenheiten machen das Buch – wie im Übrigen den Menschen – erst authentisch. Mitunter wurden jedoch zum Beispiel Absätze behutsam neu getrennt, um den Lesefluss zu erleichtern.

Um die Texte zu rekonstruieren, werden antiquarische Bücher von Lesegeräten gescannt und dann durch eine Software lesbar gemacht. Der so entstandene Text wird von Menschen gegengelesen und korrigiert – hierbei treten auch Fehler auf. Wenn Sie ebenfalls antiquarische Texte einreichen möchten, finden Sie weitere Informationen auf www.groels.de

Viel Freude bei der Lektüre wünscht Ihnen das Team des Gröls-Verlags.

Adressen

Verleger: Sophia Gröls, Im Borngrund 26, 61440 Oberursel

Externer Dienstleister für Distribution & Herstellung: BoD, In de Tarpen 42, 22848 Norderstedt

Unsere „Edition | Werke der Weltliteratur" hat den Anspruch, eine der größten und vollständigsten Sammlungen klassischer Literatur in deutscher Sprache zu sein. Nach und nach versammeln wir hier nicht nur die „üblichen Verdächtigen" von Goethe bis Schiller, sondern auch Kleinode der vergangenen Jahrhunderte, die – zu Unrecht – drohen, in Vergessenheit zu geraten. Wir kultivieren und kuratieren damit einen der wertvollsten Bereiche der abendländischen Kultur. Kleine Auswahl:

Francis Bacon • Neues Organon • **Balzac** • Glanz und Elend der Kurtisanen • **Joachim H. Campe** • Robinson der Jüngere • **Dante Alighieri** • Die Göttliche Komödie • **Daniel Defoe** • Robinson Crusoe • **Charles Dickens** • Oliver Twist • **Denis Diderot** • Jacques der Fatalist • **Fjodor Dostojewski** • Schuld und Sühne • **Arthur Conan Doyle** • Der Hund von Baskerville • **Marie von Ebner-Eschenbach** • Das Gemeindekind • **Elisabeth von Österreich** • Das Poetische Tagebuch • **Friedrich Engels** • Die Lage der arbeitenden Klasse • **Ludwig Feuerbach** • Das Wesen des Christentums • **Johann G. Fichte** • Reden an die deutsche Nation • **Fitzgerald** • Zärtlich ist die Nacht • **Flaubert** • Madame Bovary • **Gorch Fock** • Seefahrt ist not! • **Theodor Fontane** • Effi Briest • **Robert Musil** • Über die Dummheit • **Edgar Wallace** • Der Frosch mit der Maske • **Jakob Wassermann** • Der Fall Maurizius • **Oscar Wilde** • Das Bildnis des Dorian Grey • **Émile Zola** • Germinal • **Stefan Zweig** • Schachnovelle • **Hugo von Hofmannsthal** • Der Tor und der Tod • **Anton Tschechow** • Ein Heiratsantrag • **Arthur Schnitzler** • Reigen • **Friedrich Schiller** • Kabale und Liebe • **Nicolo Machiavelli** • Der Fürst • **Gotthold E. Lessing** • Nathan der Weise • **Augustinus** • Die Bekenntnisse des heiligen Augustinus • **Marcus Aurelius** • Selbstbetrachtungen • **Charles Baudelaire** • Die Blumen des Bösen • **Harriett Stowe** • Onkel Toms Hütte • **Walter Benjamin** • Deutsche Menschen • **Hugo Bettauer** • Die Stadt ohne Juden • **Lewis Caroll** • *und viele mehr….*

Magda Trott

Goldköpfchen im Beruf

Erzählung für junge Mädchen

Inhalt

1. Kapitel
Vorbereitung

Barbara Wendelin stand am Fenster ihrer Wohnung und blickte hinaus in den Garten. Die ersten Anzeichen des Herbstes machten sich bemerkbar. Das Laub der Bäume begann sich rot zu färben, und der Wind in der vergangenen Nacht hatte manches Blatt herabgerissen. Das Zerstörungswerk der Natur begann.

In dem schwarzen Kleid, das die schlanke Gestalt der jungen Frau umschloß, sah Bärbel Wendelin noch blasser und elender aus. Die Schatten, die um ihre Augen lagen, wollten nicht weichen. Auch die tiefen Linien um den Mund, die ein paar düstere Maientage in das zarte Gesicht gezeichnet hatten, schienen im Laufe des Sommers noch sichtbarer geworden zu sein.

Der schlanke Körper erschauerte in dem Gedanken an den schweren, unersetzlichen Verlust, den die junge Frau erlitten hatte. Wie konnte man den Maienmonat als etwas Herrliches preisen? Er hatte ihr fast alles genommen, was ihr das Leben an Glück bescherte. Ihren Harald! Ihr Häschen! Niemals mehr legte er den Arm um ihre Schulter, niemals mehr zog er ihren blonden Kopf an seine Brust, von seinen Lippen klang nie mehr das zärtlich geflüsterte: „Goldköpfchen, mein Goldköpfchen!“ Sie hatte ihn verloren, man hatte ihn in die Erde gesenkt, die Erde gab ihr den Gatten niemals zurück. Wie unfaßbar das war! Beinahe ein halbes Jahr war seit dem entsetzlichen Unglück verstrichen, und noch immer begriff die junge Witwe das Wort nicht: „er ist dir verloren, er kommt nicht wieder!“

Sie fuhr mit den schlanken Fingern durch das dichte Haar. „Goldköpfchen“ hatte man sie von frühester Jugend an genannt, wegen des goldenen Haares, das um ihre Stirn flatterte. Goldköpfchen war auch der Kosename des Gatten für sie gewesen. – Wie gern hatte sie diesen Namen von seinen Lippen gehört! Und heute? Wohl wirkte die Fülle des lockigen Haares noch immer goldig. Kein Wunder bei einer Frau von dreiunddreißig Lenzen. Aber der schwere Verlust des Gatten hatte die goldene Fülle mit vielen, schon gar zu vielen weißen Fäden durchzogen.

Nun stand sie am Fenster, wartete, wie jeden Tag, auf die aus der Schule heimkommenden Knaben. Das ging eben nicht anders. Die Kinder waren das Vermächtnis des Verstorbenen, für deren Wohlergehen mußte sie sorgen. Harald hatte es in seiner Sterbestunde von ihr erbeten, und diese Kinder machten ihr das Dasein noch lebenswert. In Stunden, in denen der Jammer gar zu mächtig auf sie eindrang, flüchtete sie ins Kinderzimmer. Und wenn sie dann Klein-Erna auf dem Schoß hielt, wenn Hermann und Jürgen mit Fragen und Anliegen die Mutter bestürmten, ließ das wilde Weh in ihrem Herzen ein wenig nach. Wie gut, daß Harald ihr diesen Trost gelassen hatte! In den Kindern lebte er. Hermann war schon heute sein Ebenbild, er hatte die guten, treuen Augen des Dahingegangenen, er ahnte mitunter schon, was die Mutter litt, was sie entbehrte.

„Nicht undankbar sein“, flüsterte Goldköpfchens Mund, „die Kinder lieben mich. Ich habe die Eltern, die Brüder. Es ist schlecht von mir, immer nur zu klagen.“

Aber doch formten die Lippen in nie verlöschender Qual stets die Klage: „Häschen, mein Häschen!“

Das blasse Gesicht hellte sich ein wenig auf. Aus den lauten Stimmen, die von der Straße heraufschallten, drang das helle Organ ihres Zweiten, des Jürgen. Nun kamen sie heim, nun würden sie beide die Mutter stürmisch umhalsen, um sogleich darauf hungrig nach dem Essen zu fragen.

Goldköpfchen öffnete das Fenster. Die Knaben hatten die Mutter bemerkt. Ein Winken, ein Grüßen klang zu ihr empor.

Dann waren sie im Hause. Rasch begab sich Bärbel hinaus in die Küche, um die letzte Hand an das Mittagsmahl zu legen. Das tüchtige Mädchen, das schon im dritten Jahre bei ihr war, hatte bereits alles fertig gemacht. Frau Leuschner, die treue, alte Kinderfrau, half beim Decken des Tisches und versorgte Klein-Erna, die noch eifrig im Kinderzimmer spielte.

„Mutti", schrie Jürgen beim Eintreten, „ich habe gar keinen Bauch mehr, nur ein großes Loch! Haste wieder Kartoffelpuffer gemacht?"

„Mutti", das war der Älteste, der Hermann, „heute haben wir ganz was Feines in der deutschen Stunde durchgenommen. Endlich einmal ein Gedicht, das sich zum Lernen lohnt."

„Du sollst doch alle Gedichte lernen, Hermann."

„Nee, Mutti, das kannst du nicht von mir verlangen. Aber heute, heute lerne ich das Gedicht!"

Schon flog ein Schulranzen auf die Erde, Kinderhände wühlten ein Buch heraus; vergessen war der große Hunger. Hermann stellte sich vor die Mutter hin und wollte soeben mit dem Lesen beginnen, als Jürgen ihm das Buch aus der Hand riß.

„Hunger!"

Goldköpfchen mußte sofort beschwichtigend eingreifen, sonst wäre es, wie schon so oft, zwischen den beiden Buben zu einem kleinen Handgemenge gekommen. Es war gewiß nicht schlimm gemeint. Die drei Kinder liebten sich zärtlich; doch die verschiedenen Temperamente sorgten dafür, daß ständig Meinungsverschiedenheiten herrschten.

Da saß nun Goldköpfchen am Tisch, umringt von ihren drei Kindern, ihr gegenüber die gute Frau Leuschner. Neben ihr hatte einstmals ihr Häschen, ihr Harald, gesessen. Dieser Platz sollte eigentlich für immer leer bleiben; doch Hermann hatte ihn eingenommen, hatte in kindlich tröstender Art zur Mutter gesagt:

„Wir beide machen es schon, Mutti. Wenn wir nun keinen Vati mehr haben, behelfen wir uns ohne ihn. Vielleicht kommt er noch mal wieder."

Unermüdlich plauderten die drei Kinder. Es gab immer so viel zu erzählen. Besonders Jürgen, der Achtjährige, wußte sich vor Übermut und Gelächter kaum zu lassen.

„Weißt du, Mutti, neben der Schule wohnt doch der Photograph Hampel. Heute stand er im Garten, da haben wir ihn gerufen."

„Jürgen, Jürgen, warst du wieder unartig?"

„Der Hugo ist zu ihm gegangen und hat ihn gefragt, ob er photographieren kann. – Hahaha, er hat gedacht, er soll uns photographieren. Da hat er uns in seinem Garten aufgestellt; und als er mit dem Kasten gekommen ist, sind wir rasch weggelaufen."

„Ich finde das gar nicht fein von euch. Warum ärgert ihr den Mann? Ihr wißt doch, daß die Mutti in Kürze auch ein photographisches Atelier aufmachen will. Mutti muß Geld verdienen, weil Vati nicht mehr bei uns ist."

„Das habe ich ihm schon gesagt", rief Hermann stolz.

„Aber, Hermann!"

„Jawohl, Mutti, ich stehe dir bei! Ich habe ihm gesagt, er kann mit seinem ganzen Kram nun bald einpacken, denn du verstehst alles viel besser. Du hast mal ein Bild gemacht und damit einen großen Preis bekommen, er aber noch nicht. Dann habe ich ihm noch gesagt, keiner aus der Schule würde sich mehr bei ihm photographieren lassen, alle kämen zu dir!"

„Aber, Hermann", sagte Goldköpfchen voller Entsetzen.

„Oh, ich habe ihm noch viel mehr gesagt, Mutti."

„Was hat er darauf geantwortet?"

„Ich sei ein dummer Junge. Das habe ich mir nicht gefallen lassen."

„Aber, Hermann, es ist doch noch nicht so weit."

„Der Hugo sagt, der Hampelmann nimmt dir den ganzen Verdienst fort, wenn er noch weiter photographiert. Der Hugo weiß das von seinem Vater."

Da sich zwischen den beiden Knaben ein Streit entspann wegen eines blauen Zeichenstiftes, den man bei Hugos Vater gekauft hatte, der ein Schreibwarengeschäft betrieb, hatte Bärbel Zeit, über die vorlauten Äußerungen ihrer Kinder nachzudenken. Freilich, der Plan, ein photographisches Atelier in Heidenau zu eröffnen, war längst gefaßt.

Warum auch nicht? Frau Bärbel fühlte sich verpflichtet, ihr Leben neu aufzubauen. Sie hatte nach dem Tode des Gatten mit den Eltern in Dillstadt gesprochen. Dort hatte der Vater seine gutgehende Apotheke. Es wäre immerhin möglich gewesen, die verwitwete Tochter mit den drei Kindern aufzunehmen. Doch Goldköpfchen hatte diesen Gedanken weit von sich gewiesen. Sie hatte das Photographieren gelernt. Heute war sie glücklich, daß sie in der Brautzeit nicht damit aufgehört, sondern den Lehrgang beendet hatte. Sie war daher in der Lage, ein eigenes Atelier aufzumachen. Ihr Lehrherr, der Photograph Brausewetter in Dresden, war ein tüchtiger Lehrmeister gewesen. Warum sollte sie sich nicht mit ihren drei Kindern tapfer durchs Leben bringen? Freilich, eine gewisse Unterstützung der Eltern brauchte sie. Wohl war Harald, ihr verstorbener Gatte, in einer Lebensversicherung gewesen. Und dieses Geld sollte in der Hauptsache dazu dienen, das Atelier zu errichten und alle notwendigen Anschaffungen zu machen. Nicht sofort würden sich Kunden einstellen, es würde anfangs nicht einmal so weit reichen, von den Einnahmen das Leben zu fristen. Frau Bärbel mußte also die Unterstützung der Eltern annehmen. Doch einmal würde es so weit sein, daß sie auf eigenen Füßen stand.

Zunächst hatte Goldköpfchen daran gedacht, in Dresden solch ein Atelier aufzumachen. Nach Erkundigungen, die sie einzog, stellte sie fest, daß es dort ausreichend photographische Ateliers gab, und daß manch eines nicht genügend Beschäftigung hatte. So rieten ihr Bekannte, vor allen Dingen aber der alte Forstrat Schmeling, der Besitzer der Villa, in der sie wohnte, sie möge es doch in Heidenau versuchen. Wenn auch Heidenau in der Hauptsache Fabrikstadt wäre, gäbe es doch auch hier genügend Familien, die sich photographieren ließen. Vor allem sei Bärbel Wendelin in Heidenau bereits bekannt, außerdem vergrößere sich die Stadt von Jahr zu Jahr. Da bisher nur zwei Ateliers am Orte wären, könnte Bärbel bestimmt ihre Existenz finden.

Goldköpfchen war dem Forstrat für alle guten Winke sehr dankbar. Die Freundlichkeit des Hausbesitzers ging sogar so weit, daß er sich selbst auf den Weg machte und Ausschau nach geeigneten Räumen hielt. Wenn er auch Goldköpfchen ungern als Mieterin verlor, war es doch richtig, wenn sie das Atelier gleich an der Wohnung hatte und in freien Stunden öfters nach den Kindern sehen konnte.

Selbstverständlich waren alle die Vorbereitungen den Kindern nicht geheim geblieben. Der Gedanke, daß die Mutter selbst ein photographisches Atelier eröffnen werde, hatte für die drei Kinder etwas Bezauberndes. Man war schon einige Male beim Photographen gewesen; das helle Glaszimmer mit den Gardinen, die man auf- und zuzog, der riesige Apparat und alle die vielen eigentümlichen Sachen hatten das größte Interesse der Kinder erregt. Nun würde die Mutter selbst solch ein Zimmer haben, und Jürgen würde den ganzen Tag die Vorhänge auf- und zuziehen können.

Bärbel stand bereits in Verhandlungen mit einem Hauswirt. Die Gegend war vielleicht nicht ganz glücklich gewählt. Von der einen Seite sah man geradeswegs zum Friedhof hinüber. Aber gerade das war für Bärbel wie ein Wink aus dem Jenseits. Ihr Harald würde immer ins Atelier sehen können, und sie schaute vom Atelier auf den Hügel, unter dem er schlief. Der Hauswirt hatte sich bereit erklärt, einige bauliche Veränderungen vorzunehmen. So stand man schon vor dem Abschluß der Verhandlung.

Das laute Lärmen der Kinder riß Goldköpfchen aus tiefen Gedanken.

Sie wandte sich an Hermann.

„Was war das für ein Gedicht, das du lernen wolltest?“

„Warte mal, ich hole es dir.“

Weg war er. Im allgemeinen war es nicht erlaubt, daß die Kinder einfach vom Eßtisch fortliefen.

Mit dem aufgeschlagenen Lesebuch kehrte Hermann zurück. Stürmisch schlang er seinen Arm so fest um der Mutter Hals, daß sie Schmerzen verspürte.

„Mutti, oh, ich habe dich so furchtbar lieb! Darum lerne ich auch das Gedicht, und der Jürgen muß es mitlernen und unsere Kleine auch.“

„Erna will mitlernen!"

Hermann begann zu lesen: „Wenn du – – paß auf, Jürgen, das mußt du auch lernen. Paß gut auf, du oller Dussel! Wenn du noch eine Mutter hast, so danke Gott und sei zufrieden. Nicht jedem auf dem Erdenrund ist dieses hohe Glück beschieden."

Andächtig las er alle Verse des Gedichtes, und als er geendet, drückte er heftig einen Kuß auf der Mutter Mund. Etwas scheu barg er darauf den Kopf an ihrer Brust:

„Wenn du mal stirbst, Mutti, darfst du dein müdes Haupt in Frieden ins Grab legen. Ich werde dir schon guttun. Und wenn der Jürgen häßlich zu dir ist, dann haue ich ihn tüchtig durch."

„Mein lieber, lieber Junge!"

„Siehst du, Mutti, wenn wir doch jetzt keinen Vati mehr haben, haben wir eben noch eine Mutti, und dafür danken wir Gott und sind zufrieden. Und solange die Erde rund ist, ist uns das hohe Glück beschieden."

Goldköpfchen preßte die Hände fest zusammen. Immer wieder stürmte die Erinnerung an das, was sie verloren hatte, mächtig auf sie ein. Immer wieder rissen die Kinder ungewollt an ihrem blutenden Herzen. Da brauchte sie alle Energie, all ihre innere Kraft, um die Tränen zurückzudrängen. Die Kleinen wollten eine fröhliche, eine lächelnde Mutter, keine, deren Tränen flossen. War sie dann allein, konnte sie sich nach Herzenslust ausweinen, dann hörte niemand ihr Schluchzen, ihr Rufen nach dem Heimgegangenen.

In den nächsten Tagen betrieb Goldköpfchen mit Eifer die Vorbereitungen für ihren Beruf. Frau Bärbel hatte anfangs geglaubt, daß sie zum Oktober das Atelier eröffnen könnte. Als sie in den Sommerferien daheim in Dillstadt geweilt hatte, war der Plan mit den Eltern bis in alle Einzelheiten durchgesprochen worden. Frau Wagner, Bärbels Mutter, hatte sich erboten, der Tochter bei den Vorbereitungen zu helfen und mit nach Heidenau zu kommen. Da war eine leichte Erkrankung des Vaters eingetreten, der Plan mußte aufgeschoben werden. Bruder Kuno, der als

Apotheker beim Vater tätig war, hatte ebenfalls erklärt, er würde Bärbel helfen. Doch die junge Witwe hatte dieses Anerbieten abgelehnt.

„Laßt mich ganz allein diese Wege gehen, vielleicht mache ich manches falsch, das ist sogar recht wahrscheinlich. Aber ich muß all mein Denken in andere Bahnen zwingen. Ich gehe zugrunde, wenn ich nach Heidenau in die verödete Wohnung zurückkehre, in der mich alles an mein Häschen erinnert. Nur Arbeit, Arbeit, die mich bis zum Umsinken ermüdet, kann mir helfen. Ich will meine Wirtschaft besorgen, die Kinder betreuen und nebenbei alle die Gänge erledigen, Bestellungen machen, alles selbst tun. Und wenn es auch mitunter falsch wird, ich bitte euch, laßt mich schaffen. Es ist die einzige Medizin, die meinem Herzen hilft.“

Da ließ man Goldköpfchen gewähren. Als die Ferien vorüber waren, kehrte die junge Witwe mit ihren drei Kindern und Frau Leuschner wieder nach Heidenau zurück. Wie gut, daß die alte Kinderfrau noch da war! An manchem Vormittag richtete die treue Seele die zusammengebrochene junge Witwe wieder auf. Es war doch wohl zuviel für Goldköpfchen. Nicht die Arbeit, die sich Bärbel selbst aufgebürdet hatte, o nein, das entsetzliche Gefühl der Vereinsamung, der Verlassenheit war es, das sie erdrückte. Frau Leuschner war es, die Frau Bärbel fast täglich bedrängte, das Atelier zu eröffnen; und ganz langsam erwachte in Goldköpfchen das Verlangen, einen neuen Lebensinhalt zu finden.

Forstrat Schmeling hatte es sich nicht nehmen lassen, so manchen Weg mit der jungen Witwe zu gehen. Auch er riet zu dem Atelier am Friedhof. Er wußte, wie wohl es Frau Bärbel tat, wenn sie einen Blick auf den Hügel des Gatten werfen konnte. Die Gegend war freilich nicht recht günstig. Es würde sich aber herumsprechen, daß die goldlockige junge Frau Wendelin mutig an ihrem neuen Leben baute. Was er dazu tun konnte, ihr zu helfen, sollte ganz gewiß geschehen. Arbeiten mußte sie, um nicht zu verzweifeln, beruflich arbeiten, um über das Schwere langsam hinwegzukommen.

Das Atelier am Friedhof war gemietet. Forstrat Schmeling ließ die junge Witwe selbstverständlich ausziehen, obwohl der Mietvertrag noch auf zwei Jahre lautete. Er meinte ganz plötzlich, er müsse Verwandte in sein Haus nehmen, es wäre ihm recht lieb, wenn die Wohnung frei werde. Das war natürlich eine kleine Unwahrheit des wackeren Forstmannes. Doch Bärbel konnte unmöglich zwei Mieten aufbringen. Und da die Wohnung neben dem Atelier frei war, konnte der Umzug bereits Ende November oder Anfang Dezember vor sich gehen.

Bärbel beschleunigte alles außerordentlich. Sie versprach sich, obwohl sie das Atelier neu eröffnete, ein ziemlich gutes Weihnachtsgeschäft. Anfang Dezember mußte daher alles fertig eingerichtet sein, damit die Kunden schon Weihnachtsphotographien erhalten konnten. Sie erstaunte allerdings, daß so viele Gänge zu erledigen waren. Sie mußte ihr Atelier bei der Polizei anmelden, die verschiedensten Erlaubnisse einholen, hinzu kamen die vielen Anschaffungen, die ihr Geld wie Butter an der Sonne dahinschmelzen liehen. Aber mit billigen Apparaten ließ sich heute nichts beginnen. Trotz der schönen Möbel, die sie besaß, waren noch zahlreiche Anschaffungen notwendig, und sorgenvoll rechnete die junge Witwe an manchem Abend ihre Barmittel durch.

An einem Tage, als sie wieder vor den Rechnungen sah, erschien Frau Leuschner. Goldköpfchen blickte sie freundlich an.

„Meine liebe, treue Freundin, ich glaube, Sie werden die Kinder jetzt noch mehr auf dem Halse haben als bisher. Hoffentlich bekomme ich viel Arbeit. Es ist so beruhigend, zu wissen, daß meine drei in so guten Händen sind."

„Ich brauch's Ihnen nicht erst zu sagen, Frau Wendelin, daß ich die Kinder wie meinen Augapfel hüten will. Aber heute habe ich etwas anderes auf dem Herzen. Sie haben mir kürzlich gesagt, daß es Ihnen lieb wäre, wenn ich noch recht lange bei Ihnen bliebe. Etwas Schöneres konnten Sie mir gar nicht sagen, Frau Wendelin. Aber ich glaube, es wird Ihnen in Zukunft schwer werden, die Kinderfrau regelmäßig zu bezahlen. Behalten Sie mich als treue Hausgenossin, die Ihnen jederzeit helfend beistehen will, aber lassen Sie die Bezahlung. Ich möchte nichts mehr haben. Ich habe mir manches gespart, das reicht für meine Bedürfnisse."

„Nein, o nein, liebe Frau Leuschner."

„Ich bitte Sie herzlich darum, Frau Wendelin. Allabendlich sehe ich, wie Sie sorgenvoll die Ausgaben berechnen. Alles kostet viel Geld, und so rasch verdient man mit einem neuen Atelier nichts. Bitte, schlagen Sie mir meinen Wunsch nicht ab. Das dürfen Sie einfach nicht tun."

„Nein, liebe Frau Leuschner, noch ist genug da. Solange ich es kann –"

„Ich bitte aber darum. Es würde mich so froh machen, wenn ich Ihnen ein wenig helfen könnte. Der, der dort drüben schläft, wird es auch gutheißen."

Da schlang Goldköpfchen aufweinend die Arme um die treue Frau und drückte das tränenüberströmte Antlitz an deren Schulter.

„Sie haben mir schon so viel geholfen, Sie Gute, haben mir so treu beigestanden, Sie liebe, alte Freundin!"

„Nicht wahr, Frau Wendelin, es bleibt dabei?"

Da nickte Goldköpfchen und drückte der alten Kinderfrau einen Kuß auf die Wange. –

Wieder ging es an die Arbeit; und als man den vierten Dezember schrieb, war das Atelier fix und fertig. Am Hause prangte das große Schild, das in großen Lettern kündete, daß man in diesem Atelier künstlerische Aufnahmen aller Art mache, Spezialität: Kinderbilder.

Dann stand Goldköpfchen am Fenster und schaute lange und unverwandt hinüber zum Friedhof.

„Sterbend hast du mir gesagt, ich solle für die drei Kinder sorgen. Du hast mir vertraut. Tapfer soll ich sein, – tapfer und stark. Häschen, mein Häschen, ich will deinen letzten Wunsch erfüllen. Möge der Himmel meinen Entschluß segnen. – Schlafe ruhig, mein Liebling, du sollst dich deiner Frau und deiner Kinder nicht zu schämen brauchen. – Häschen, mein Häschen!"

Am Fensterbrett sank eine schlanke Frauengestalt in die Knie. Goldköpfchen drückte das Gesicht in beide Arme, der junge Körper bebte vor verhaltenem Weinen.

2. Kapitel
Freunde und Bekannte stellen sich ein

In der Heidenauer Tageszeitung war von Bärbel eine Bekanntmachung erschienen, daß sie ein photographisches Atelier eröffnet habe. Hermann war voller Stolz und zeigte das Blatt, in dem der Name der Mutter stand, in der Schule und den verschiedensten Geschäften. Er schilderte das neue Atelier in den glühendsten Farben und lud jeden ein, eine Besichtigung vorzunehmen.

„Meine Mutti muß nämlich viel Geld verdienen, der Ernährer ist uns genommen, nun muß die Mutti den Ernährer machen. Sie hat doch drei Kinder, die sie gut erziehen will. Wenn Sie ein Bild brauchen, kommen Sie nur zu uns!“

Man lächelte über den eifrigen Knaben, der sich die größte Mühe gab, der Mutter möglichst viel Kunden zuzuführen. Er erkundigte sich beim Kohlenhändler, wie er es mache, daß die Leute Kohlen bestellten, er befragte die Mitschüler, deren Väter Geschäfte hatten; und als er eines Tages den Einladezettel eines Kinos in Händen hielt, den ein Mann in die Häuser trug, war es für den Knaben eine beschlossene Sache, auch solche Zettel von Haus zu Haus zu tragen, auf denen das photographische Atelier seiner Mutter genannt war. Sein Freund Erich pflichtete ihm bei. Wie konnten die Leute in Heidenau wissen, daß Frau Wendelin ein Atelier eröffnet hatte? Nicht alle lasen die Zeitung. Und da Hermann in der Schule eine stattliche Anzahl Freunde hatte, wurde manch freier Augenblick dazu benutzt, Reklamezettel für Bärbel zu schreiben. Erich zerriß deswegen sogar sein Rechenheft, verteilte die leeren Seiten, und eine ganze Klasse schrieb eifrig:

„Das schönste Bild macht Frau Bärbel Wendelin in ihrem photographischen Atelier. Kein anderer kann es so gut, alles andere ist Kitsch! Kommen Sie! Billigste Preise. Wer nicht gleich zahlen kann, bekommt das Bild auf Abzahlung. In Heidenau gibt es nur ein berühmtes Atelier, und das gehört Frau Bärbel Wendelin in der Brückenstraße Nr. 4."

Es entspann sich unter den Knaben sogar ein Streit. Hermann wollte durchaus, daß man dem Atelier den Namen „Zum Goldköpfchen" gäbe.

„Der Onkel Forstrat hat immer so gesagt, und der Vati auch. Meine Mutti ist ein Goldköpfchen, die Großmama sagt es auch."

Es ging ans Überlegen. „Atelier Goldköpfchen" klang nicht schlecht. Und schließlich wurde tatsächlich an den Schluß des Reklamezettels gesetzt: „Atelier Goldköpfchen"

„Nun zeige ich es meiner Mutti", jubelte Hermann.

„Erst wenn wir hundert Stück geschrieben haben", meinten die Freunde.

„Ich würde die Zettel doch erst verteilen, und wenn dann die Leute haufenweise kommen, so würde ich es ihr sagen. Dann freut sie sich."

„Schenk' es ihr doch zu Weihnachten."

„Ich weiß was", sagte Hermann. „Jedesmal wenn die Schule zu Ende ist, nimmt jeder den Zettel, den er geschrieben hat, und trägt ihn in ein Haus. Bis zu Weihnachten sind wir dann in allen Häusern von Heidenau gewesen."

„Ich erbitte von meinem Vater das Papier" sagte der Sohn des Papierhändlers.

Hermann nickte. „Wir gehen alle zu ihm und bitten ihn recht schön. Es schadet ja nichts, wenn auf der einen Seite schon was steht. Das streichen wir einfach durch."

„Ich weiß was viel Besseres. Der Kinofritze verteilt an jedem Sonnabend Zettel. Die sind blau, rot und gelb. Auf der einen Seite steht nichts drauf. Wir ergattern uns die Zettel und schreiben für „Atelier Goldköpfchen" die andere Seite voll."

Am Sonnabend stand die halbe Schulklasse um den Zettelverteiler des Kinos herum, die Knaben liefen hinter jedem, der einen Zettel erhalten hatte, her und erbaten das wertvolle Papier. Hermann war der Tüchtigste. Nach Verlauf einer Stunde hatte er zweiundzwanzig Stück, die er strahlend seinen Schulkameraden zeigte.

„Morgen, Sonntag, arbeite ich wie ein Pferd. Ich schreibe alle meine Zettel voll.“ – –

Goldköpfchen hatte von diesen Helfern keine Ahnung. Es gab für sie noch unendlich viele Kleinigkeiten zu besorgen. Immer wieder fehlte etwas im Atelier, denn der Raum sollte anheimelnd wirken, Wärme und Behaglichkeit verbreiten und auch den künstlerischen Eindruck nicht entbehren.

Ihr Herz pochte stürmisch, als schon am zweiten Tage nach der Eröffnung die Flurglocke anschlug.

Der erste Kunde. Wer würde es sein? Sie wollte es als gutes Vorzeichen nehmen.

Es war ein Reisender, der seine photographischen Papiere anbot. Bärbel lehnte dankend ab, sie war fürs erste eingedeckt.

Kurz darauf klingelte es nochmals. Es war Forstrat Schmeling mit seinen beiden Dackeln.

Er brachte Bärbel einen großen Blumenstrauß, drückte ihr herzlich die Hand und wünschte ihr viel Glück.

„Ich habe es ja entstehen sehen“, sagte er herzlich. „Doch nun, da es fertig ist, wirkt alles sehr nett und geschmackvoll. Ja, ja, Frau Goldköpfchen hat Geschmack.“

„Sie sind mein erster Kunde, Herr Forstrat.“

„Wollen wir hoffen, daß nach mir recht viele andere folgen. Machen Sie mir ein recht schönes Bild, damit ich Sie weiter empfehlen kann.“

Die Aufnahme ging glatt von statten. Der Forstrat hatte seine beiden Hunde ernsthaft ermahnt, recht ruhig zu bleiben.

„Ja, ja, Frau Goldköpfchen, die Hunde folgen schon, die sind mitunter braver als die Menschen. Passen Sie auf, wie verständig die Viecher sitzen bleiben."

Forstrat Schmeling blieb noch eine geraume Zeit bei der jungen Witwe. Vergeblich bemühte er sich, ihr blasses, ernstes Gesicht zu erheitern. Noch lag ihm Bärbels sonniges Lachen im Ohr, immer noch hörte er ihre helle, zwitschernde Stimme von einst. Doch jetzt lag dumpfe Trauer über allem.

„Zu brav von Ihnen, daß Sie so fest zupacken und sich allein durchs Leben bringen wollen. Das nötigt uns allen die größte Hochachtung ab, Frau Goldköpfchen."

„Ich habe die Kinder."

„Jawohl, schicken Sie mir die drei nur bald mal hinüber, ich habe Sehnsucht nach ihnen. Zu schade, daß Sie ausziehen mußten! In meinem Hause ist es still und öde geworden."

„Bei mir auch, Herr Forstrat."

„Nein, nicht so", sagte der alte Forstmann herzlich. „Es dauert gewiß seine Zeit, doch es wird auch wieder einmal besser."

Bärbel machte sich an dem photographischen Apparat zu schaffen. Sie wollte dem alten Freunde das Zucken in ihrem Gesicht nicht zeigen. Und als er weiter herzlich auf sie einsprach, lief sie plötzlich davon und kam wenige Augenblicke später mit der vierjährigen Erna zurück, ihrer Jüngsten.

„Ich habe die Kinder", sagte sie bebend. „Warum vergesse ich das nur immer wieder? – Wenn es gar zu schlimm wird, drücke ich eines seiner Kinder an mein Herz, dann geht es wieder. Ich will doch stark sein – ich muß es ja sein, ich habe ja seine Kinder!" –

Forstrat Schmeling war gegangen. Ihm war das Herz zu schwer geworden. Ihm, dem alten Grünrock, war es heiß in die Augen gestiegen.

Am Nachmittag kam wieder ein Kunde. Der Direktor aus der Heidenauer Fabrik. Auch er schaute nach Frau Bärbel, sprach warme, herzliche Worte zu ihr; doch gerade das war für die junge Witwe unendlich peinigend. Alles, alles erinnerte sie an ihr Häschen. Sie alle kamen seinetwegen. Ihre Hände zitterten, als sie die Aufnahme machte.

„Auch über das Grab hinaus sorgst du noch für mich, mein Häschen. Ach, du – du – –, daß ich dich noch eine kurze Stunde hätte! Ich war undankbar in meinem Glück. Komm nur für Augenblicke wieder, denn ich habe das Danken vergessen. Du hast mir zu viel des Glückes geschenkt."

Die erste Einnahme, die sie haben würde, sollte als Blumengruß auf das Grab des Verstorbenen kommen. Alltäglich huschte Bärbel zu dem Hügel, und immer noch wollte sie es nicht fassen, daß Harald ihr für immer genommen war.

Wieder zwei Tage später kam ein junger Mann, der eine Aufnahme verlangte.

„Muß mir doch einmal ansehen", sagte er näselnd, „was Frau Goldköpfchen leistet. Billigste Preisberechnung. Nur hier künstlerische Aufnahmen. Schöne, junge Frau, tüchtige Frau Goldköpfchen, Sie sind eine fesche Person. Aber, aber, die Konkurrenz speit Gift und Galle?"

„Was für eine Aufnahme soll es sein?" erwiderte Bärbel ruhig. Wie kam der junge Mann dazu, in solcher Weise zu ihr zu sprechen?

„Was meinen Sie, Frau Goldköpfchen? Ein Brustbild?"

„Ich heiße Wendelin."

„Ja, ja, Frau Bärbel Wendelin aus dem Atelier Goldköpfchen."

Die junge Photographin schwieg zu diesen Worten. Vielleicht irgendein Angestellter aus der Fabrik, der von Harald zufällig diesen Kosenamen gehört hatte. Vielleicht auch durch den Forstrat. Sie durfte den kecken Burschen nicht ohne weiteres zur Ordnung rufen. Jetzt hieß es, Geld verdienen, und das war nicht leicht.

„Sie haben ganz recht, schöne Frau, das Atelier unter dem Namen Goldköpfchen aufzuziehen. Ich hätte die Reklame aber besser gedruckt verteilt.“

„Ich hoffe, daß sich mein Atelier recht bald herumsprechen wird.“

„Natürlich wird es das. Solch eine hübsche junge Frau – –“

„Wünschen Sie ein Brustbild?“

„Das überlasse ich ganz Ihrem Schönheitssinn, verehrte Frau Goldköpfchen.“

Dieses Wort gab ihr jedesmal einen Stich ins Herz. Von ihrem Häschen war sie so genannt worden. Eigentlich hatte kein anderer das Recht, ihr diesen Namen zu geben. Wie dreist sie der junge Mann anschaute! Mit größter Eile betrieb sie die Vorbereitungen für die Aufnahme. Je übermütiger der Kunde wurde, desto zurückhaltender war Bärbel.

„Wir sind eine ganze Reihe junger Leute, wir lassen uns gern photographieren. Doch suchen wir uns ein Atelier aus, in dem wir auch entgegenkommend behandelt werden. – Also nichts für ungut, Frau Goldköpfchen. Kann ich das Bild am Mittwoch abholen? Vielleicht Mittwoch gegen Abend? – Wie wäre es dann mit einem kleinen Bummel nach Dresden?“

„Sie können das Bild am Mittwoch haben.“

„Und der Bummel?“

„Ich verstehe Sie nicht recht, mein Herr. Ich sagte Ihnen bereits, daß Sie das Bild Mittwoch erhalten können.“ Goldköpfchen näherte sich der Tür und öffnete sie. Achselzuckend ging der junge Mann davon.

Ein leiser Seufzer kam über die Lippen der jungen Frau. Das war kein guter Anfang. Wie kam der junge Mann dazu, sie derart zu beleidigen?

Am nächsten Tage war es ganz still. Nicht ein Kunde ließ sich blicken. Als Hermann am Abend fragte, ob Mutti schon den ersten Hundertmarkschein eingenommen hätte, schüttelte Goldköpfchen den Kopf.

„So schnell geht das nicht, mein Junge. Man muß doch erst langsam bekannt werden, und auch dann regnen die Hundertmarkscheine nicht."

„Wenn du aber nichts verdienst, haben wir nichts zu essen", rief Jürgen. „Was machen wir dann?"

„Mutti wird sich alle Mühe geben, Geld zu verdienen. Außerdem haben wir viele Freunde und Verwandte, die uns in der Not helfen werden."

„Hab mal keine Angst, Mutti. Wenn wir nichts zu essen haben, bitte ich Herrn Gräber um eine Wurst. Ich sage ihm, daß wir hungern –"

„Aber, Jürgen, du wirst doch nicht zum Schlächter gehen."

„Hab nur keine Angst, liebe Mutti. Ich habe dem Herrn Gräber schon gesagt, daß es uns vielleicht schlecht gehen wird. Er sollte uns schon beizeiten ein Stück Wurst zurücklegen. Gestern hat er mir schon eine Scheibe Schinken geschenkt."

„Aber, Jürgen, du hast doch noch immer Wurst auf deinem Frühstücksbrot gehabt."

„Du hast doch selbst gesagt, Mutti, daß uns gute Leute helfen werden. Na, hab nur keine Angst, ich habe auch schon dem Kohlenmann gesagt, daß wir vielleicht bald keine Kohlen mehr kaufen können."

Goldköpfchen war ratlos. Wohl hatte sie kürzlich mit den Knaben darüber gesprochen, daß man in Zukunft sehr sparsam leben wolle. Aber diese Folgen hatte sie nicht geahnt.

„Und was hast du noch gemacht, Jürgen?"

„Nur noch beim Bäcker gesagt, ob er uns nicht hin und wieder ein Brot schenken wollte. Bei uns wäre es jetzt recht knapp."

„Ärgern Sie sich nicht darüber", sagte Frau Leuschner. „Ich gehe morgen zu den Leuten und werde die Sache wieder richtigstellen."

„Ich verbiete dir ein für allemal, Jürgen, zu Geschäftsleuten derartiges zu sagen. Deine Mutti hofft, genügend Geld zu verdienen. Und sollten wir wirklich einmal in Not kommen, so helfen uns die guten Großeltern."

Hermann schmiegte sich an die Mutter. „Du kommst nicht in Not, Mutti“, sagte er fest und bestimmt. „Du wirst viel Geld verdienen. Alle Leute aus Heidenau werden bald zu dir kommen. Dann haben wir Geld in Massen.“

„Alle Leute werden nicht kommen, mein lieber Junge. Wenn nur einige kommen, so freut es mich. Du weißt doch, daß noch zwei andere photographische Ateliers in Heidenau sind. Außerdem fahren viele nach Dresden hinüber.“

„Die beiden anderen Männer mit dem photographischen Atelier kriegen wir schon klein.“

Erschrocken blickte Goldköpfchen ihren Ältesten an. Er würde ihr doch keine Unannehmlichkeiten machen?

„Warum willst du sie kleinkriegen, Hermann? Die beiden Herren verdienen sich auch gar mühsam ihr Brot. Daß ihr mir keine dummen Sachen macht! Es würde der Mutti nur Schaden einbringen.“

Hermann machte dazu ein gar pfiffiges Gesicht und schaute seine Mutter strahlend an. Es schadete ganz gewiß nicht, wenn er das neue Atelier, das Atelier Goldköpfchen, in den Vordergrund rückte. Man hatte sogar den verwerflichen Einfall, auf die Schilder der Konkurrenz Zettel zu kleben und mit Blaustift darauf zu schreiben: „Verreist“. Dann mußten alle Leute, die sich photographieren lassen wollten, ins Atelier Goldköpfchen kommen, und die gute Mutti würde Geld verdienen.

In der Frühe des nächsten Morgens klingelte es wieder bei Frau Wendelin. Erwartungsvoll öffnete sie.

„Also doch! – Guten Morgen! Ja, da staunen Sie! Wir kennen uns doch? Frau Wendelin – nun, einstmals Fräulein Wagner. Wir sind ja gute alte Bekannte. Hätte gar nicht gedacht – aber natürlich, alte Freunde vergißt man nicht!“

Einige Sekunden schaute Goldköpfchen den Herrn an; dann kam ihr das Erinnern.

„Herr von Sasseneck.“

„Ganz recht, Ihr Kollege aus dem Atelier Brausewetter. Was haben wir doch für ein schönes Jährchen zusammen verlebt."

„Wollen Sie eintreten?" sagte sie kühl.

„Selbstverständlich! Mußte doch nachsehen, wie es meiner lieben Kollegin geht. – So ist es in der Welt. Dem einen glückt es, der andere kommt unter die Räder. – Tja – Fräulein Bärbel – – sehen Sie, mir ist es jammervoll gegangen. Eine Stellung hat man nicht, als Reisender muß man sich durchs Leben schlagen. Ihnen aber ist das Glück in den Schoß gefallen. Solch herrliches Atelier – und alles Ihr Eigentum?"

„Ja, ich habe mich erst ganz kürzlich hier niedergelassen."

Herr von Sasseneck tänzelte durch den Raum und betrachtete voller Interesse die Einrichtung.

„Schau, schau", sagte er immer wieder, „was solch Blondkopf für Glück hat!"

Bärbel senkte den Kopf. Jahre lagen dazwischen, seitdem sie mit Herrn von Sasseneck zum letzten Male gesprochen hatte. Das war damals gewesen, als sie im Atelier Brausewetter den photographischen Beruf erlernte. Es waren keine angenehmen Erinnerungen, die in ihrem Gedächtnis hängengeblieben waren. Herr von Sasseneck und seine Braut, Fräulein Pertis, hatten ihr manche trübe Stunde bereitet. Der Mann mit der Löwenmähne, so nannte sie ihn damals, stellte ihr nach, war schuld daran, daß sie den prachtvollen Apparat im Atelier umwarf. Er verleumdet sie, erpreßte ihr manche Träne, bis er schließlich von Herrn Brausewetter an die Luft gesetzt worden war. Zwischen einst und jetzt lag ihr ganzes Glück – ihr tiefes Leid.

„Also ein eigenes Atelier. Da werde ich sicherlich Geschäfte machen können. Ich reise in photographischen Bedarfsartikeln. Immer noch genau so hübsch wie einstmals, Fräulein Bärbel – ach nein, Verzeihung, Frau Wendelin. Nur etwas schmaler geworden. Nur immer gut essen. – Also, das alles ist Ihr Eigentum? Ach, Fräulein Bärbel, was war das damals doch für eine herrliche Zeit! Mein Himmel, wie war ich verliebt in Sie! Doch Fräulein Bärbel lehnte mich ab."

„Ich fürchte, Herr von Sasseneck, Sie werden heute kein Glück bei mir haben. Ich brauche noch nichts. Ich habe mir alles reichlich angeschafft."

„Den alten, guten Freund wollen Sie so abweisen? O nein, das gibt es einfach nicht! – Denken Sie doch zurück an die schöne Zeit bei Brausewetter. Wie mich das freut, Sie wiedergefunden zu haben! Ich hörte in Dresden bei Herrn Brausewetter von Ihnen."

„Er hat mir einen sehr lieben Brief geschrieben und versprochen, mich einmal zu besuchen."

„Und nun bin ich vor ihm hergekommen. Ich freue mich unsagbar! Am liebsten sagte ich mich für heute nachmittag zu einer Tasse Kaffee an, damit wir von den alten, schönen Zeiten plaudern könnten."

„Ein beruflich tätiger Mensch hat zu einer gemütlichen Kaffeestunde in der Woche keine Zeit, Herr von Sasseneck."

„Dann also am Sonntag, mein liebes Fräulein Bärbel."

„Ich habe drei Kinder, Herr von Sasseneck, die die Mutter in der Woche schmerzlich entbehren. Ich versündigte mich an den Kleinen, wollte ich mich ihnen am Sonntag entziehen. Da ich aber im Augenblick keine Kunden habe, wird es mich freuen, von Ihnen zu hören, was Ihnen die letzten fünfzehn Jahre brachten."

„Wahrhaftig! Fünfzehn Jahre sind darüber hingegangen, seit wir so vergnügt bei Brausewetter zusammen waren. Drei Kinderchen haben Sie? Ach ja, ich hörte davon. Sie sind Witwe. – Nun, man hat doch auch als Witwe noch manche schöne Stunde. Und wer noch so jung und so hübsch ist wie Sie – –"

Bärbel bezwang sich. Nur ein schweres Aufatmen kam aus ihrer Brust. „Haben Sie auch Kinder?"

„Ich?" lachte Sasseneck übermütig. „Ich habe keinen reichen Apotheker zum Vater, der mir ein Atelier einrichten kann. Es war nicht einmal das

Geld zum Heiraten da. – Sehen Sie, Frau Bärbel, ich bin noch heute ledig. Vielleicht habe ich ein blondhaariges junges Mädchen nicht vergessen können. Ach, Fräulein Bärbel – –"

„Frau Wendelin."

„Verzeihung – wahrhaftig! Ich sehe Sie immer noch vor mir als das reizende Fräulein Bärbel. Wie oft mußte ich in all den Jahren an Sie denken! Nun endlich habe ich Sie wiedergefunden, und ich denke, wir werden in rege geschäftliche Verbindung kommen."

„Das wird auf mein Geschäft ankommen, Herr von Sasseneck."

„Stürmen müßte man das Atelier solch einer entzückenden Frau."

„Wie geht es eigentlich Fräulein Pertis? Ist sie noch bei Brausewetter?"

„Ich weiß nichts mehr von ihr."

„Ich glaubte, Sie wären verlobt gewesen?"

„Wie können Sie das denken! Fräulein Pertis war mir immer gleichgültig. Mir saß ein anderer Kobold im Sinn."

Goldköpfchen ersehnte einen Kunden. Die Art des einstigen Kollegen verletzte sie. Trotzdem konnte sie nicht unfreundlich zu ihm sein, denn Herr von Sasseneck besuchte gewiß auch die anderen Ateliers, und die Konkurrenten würden ihn nach ihr ausfragen. Wenn er dann eine ungünstige Auskunft über sie gab, mußte ihr das schaden. Wie viele Rücksichten mußte man nehmen, wenn man sich selber das Brot verdiente.

„Sie müssen sich wieder verheiraten, Frau Bärbel. Ein tüchtiger Fachmann gehört hier herein. Dann sollten Sie erst sehen, welche Vorteile Ihnen daraus erwüchsen. – Eine alleinstehende Frau – –, lieber Himmel, zu einer Photographin hat man heute kein Zutrauen."

„Es gibt bereits eine stattliche Anzahl Damen, die mit einem solchen Atelier ihr gutes Auskommen gefunden haben."

„Nichts Halbes – nichts Ganzes. Sie werden das auch bald einsehen, Frau Bärbel. Wäre ein Mann hier – – Sie sagen, Sie haben drei Kinder, Sie könnten sich dann wieder den Kleinen widmen, und der Gatte hätte die beruflichen Sorgen. Lieber Himmel, es ist doch die Bestimmung der Frau, ihren Kindern voll und ganz Mutter zu sein."

„Ich bemühe mich, so gut es irgend geht, beides zu vereinigen."

„Geht aber auf die Dauer nicht, liebe Frau Bärbel. Die Kinder wachsen heran, ohne Vater. Es muß schon eine strenge Hand vorhanden sein. Aber darüber läßt sich auch später noch reden. Sie werden sehr bald erkennen, wie schwer das Brotverdienen für eine Frau ist. Freilich, Sie haben einen goldenen Hintergrund. Wenn keine Einnahmen da sind, helfen die Angehörigen aus. – Der Herr Papa lebt wohl noch?"

„Dem Himmel sei Dank, ja."

„Verstehe nicht, warum Sie sich dann abquälen. Sehen Sie mal, Frau Bärbel –" Sasseneck rückte ein wenig näher an sie heran. „Ich bin gern bereit, Ihnen in allen beruflichen Fragen beizustehen. Wir sind ja immer gute Freunde gewesen. Warum sollen wir das nicht bleiben? – Bärbelchen, ich habe Sie heute wiedergesehen, und meine Neigung von einstmals ist neu entflammt."

„Herr von Sasseneck, bitte, unterlassen Sie derartige Reden!"

„Sie brauchen wirklich gar nichts zu fürchten, ich möchte Ihnen doch nur sagen, daß ich Sie niemals vergessen habe, und daß ich hoffe, wir beide werden bald wieder die besten Freunde sein. – Bärbel, liebes Bärbel"

„Herr von Sasseneck, ich muß Sie nochmals bitten –"

„Ja doch, ja, – seien Sie nicht immer so abweisend. Sie als alleinstehende Frau täten wirklich gut daran, sich nach einem Beschützer umzusehen."

„Ich habe meinen Beschützer."

„Ach, – schau doch, schau!"

Bärbel trat ans Fenster und wies hinüber zum Friedhof. „Dort drüben ruht mein Mann, der Mann, dem ich bis über das Grab hinaus gehöre. Für die Menschen ist er tot, nicht für mich. Er lebt weiter in mir, er ist um mich, er lenkt meine Schritte und beschützt mich. Und nun, Herr von Sasseneck, bitte ich, daß Sie kein derartiges Wort weiter sagen."

„Seien Sie doch nicht gar so sentimental, Bärbel. Wenn einer tot ist, ist einer tot."

„Es ist richtiger, wir brechen die Unterhaltung ab, Herr von Sasseneck!"

„Hübsch sind Sie!"

„Ich habe keinen Bedarf an photographischen Artikeln und glaube kaum, daß ich in Zukunft Bedarf haben werde. Ich wurde von meinem Lieferanten sehr gut bedient."

„Heißt das, liebes Bärbel, – daß – –"

„Daß ich eine Wiederholung Ihres Besuches nicht wünsche."

Sasseneck kniff die Augen zusammen. „Schau, schau", sagte er gedehnt. „Sie hätten doch allen Grund, Frau Wendelin, etwas liebenswürdiger zu sein. Man ist ohnehin nicht gut auf Sie zu sprechen. Die Art, wie Sie den Konkurrenzkampf betreiben, ist nicht gerade fair zu nennen. Ich möchte Sie warnen. Es gibt auch nach dieser Richtung hin Bestimmungen, und eines Tages könnte man Ihnen den neu eröffneten Laden schließen. Das scheinen Sie nicht zu wissen."

„Ich glaube, wir haben uns nichts mehr zu sagen, Herr von Sasseneck."

„Frau Bärbel sitzt auf gar hohem Pferde. – Nun, wir wollen uns später wieder sprechen. Auch das Atelier Goldköpfchen kann in die Binsen gehen. Und wenn man die Arbeit der Konkurrenz mit Kitsch bezeichnet, wenn man den Kollegen Steine in den Weg legt, stolpern *Sie,* Frau Goldköpfchen, darüber, nicht die anderen. Mit einer alleinstehenden Frau wird man leicht fertig."

Darauf wußte Bärbel keine Antwort zu geben. Das alles klang gehässig und rätselhaft. Da sie aber Sasseneck schon von Herrn Brausewetter her als einen Lügner und Verleumder kannte, glaubte sie auch jetzt, daß er sie nur einschüchtern wollte.

„Sollten Sie einmal Rat und Beistand brauchen, Frau Bärbel, wird Herr von Sasseneck zu finden sein. Ich bin trotz alledem noch immer Ihr Freund. Ich wohne in Dresden, Seidnitzerstraße Nummer hundertvier.“

Die Tür hatte sich hinter ihm geschlossen. Goldköpfchen strich mehrmals mit der Hand über die Stirn. Welch häßliche Drohungen hatte Herr von Sasseneck ausgestoßen. Es schien fast, als seien die Konkurrenten ihr besonders gram. Ob Sasseneck die beiden Herren aufgesucht hatte? Ob er im Atelier Hampel und im Atelier Rotmühl gewesen war, ob man dort über sie gesprochen hatte? Wer wagte es, sie so zu verleumden? Sie hatte die Leistungen der beiden Photographen niemals mit dem Worte „Kitsch“ bezeichnet. Sie würde es auch niemals wagen, anderer Leute Arbeit herabzusetzen. O nein! Das waren alte bewährte Fachleute. Und wenn sie ihr Examen auch mit „gut“ bestanden hatte, besaß sie noch lange nicht die Erfahrungen der beiden anderen Herren. Ganz im Gegenteil! Ihre Bilder würden sicherlich hinter denen der anderen Photographen zurückstehen. – Was hatte Sasseneck nur für törichtes Zeug geredet?

Wie häßlich klang seine Drohung, daß man mit einer alleinstehenden Frau fertig werde! War es denn eine Schande oder eine Schmach, daß sie sich einen Erwerb suchte, um sich auf eigene Füße zu stellen? War es nicht traurig genug, daß ein grausames Geschick ihr in jungen Jahren den Witwenschleier ums Haupt wand?

Eine alleinstehende Frau! Freilich, der, der ihr alle Sorgen ferngehalten hatte, er schlief für immer in der kühlen Erde. Ihn konnte sie nicht mehr um Rat fragen. Die Anforderungen des täglichen Lebens ruhten nun auf ihren Schultern. Doch alleinstehend war sie noch nicht. Wie viele Beweise der Liebe hatte sie in den letzten schrecklichen Monaten erhalten! Von nah und fern waren sie gekommen, um ihr zu zeigen, wie sehr man das Häschen geliebt hatte. Damals war sie in ihrem Schmerz vollständig erstarrt. Sie wußte nicht, wer am offenen Grabe des Gatten gestanden, wußte nicht, wessen Hände sie gedrückt. Sie las nicht einmal alle die tröstenden Worte. Erst viel später hatte sie durch die Eltern erfahren, welche innige Teilnahme man ihr bewiesen hatte. Da war manch ein

Name wieder aufgetaucht, der in glücklichen Stunden an ihr Ohr geklungen war. Wie viel Liebe hatte Harald gesät, niemand hatte ihn vergessen, Unzählige trauerten um ihn. Ehrliche Tränen waren geflossen. Sie hatte es sich immer wieder erzählen lassen, wie man sein Hinscheiden beklagte. Mit manch einem korrespondierte sie noch heute. Gewiß, es tat stets bitter weh, stand doch überall der Name des Entschlafenen.

Besonders einer war da, dessen Briefe waren ihr immer wie eine sanfte Hand. Gessert, der Freund Haralds. Auf eine merkwürdige Art und Weise hatte sie ihn einstmals kennengelernt. Sie war mit ihm im selben Abteil von Bautzen nach Dresden gefahren, hatte sich über den unhöflichen Mann geärgert, der ihr den Koffer nicht ins Netz hob, der sie gar nicht beachtete. Und als er sich dann sogar auf ihren Hut setzte, war Bärbel Wagner unwillig aufgefahren. Gar bald aber hatte sie erfahren, daß Gessert blind sei.

Zweimal war er in ihrer glücklichen Ehezeit hinaus nach Heidenau gekommen. Ein stiller, in sich gekehrter Mann, doch einer, der eine Fülle von Güte ausströmte. Auch Gessert hatte am Grabe Haralds gestanden und tiefes Leid um den dahingegangenen Freund getragen. Ihm, dem Blinden, blieb nichts als seine Musik, der er sich voll und ganz widmete. Auf der Violine war er ein Künstler. Durch sie redete er von seinem Innenleben, und die Menschen verstanden ihn. Auch Bärbel hatte einige Male seinem wundervollen Spiel lauschen dürfen. Welch ein Genuß war es gewesen, wenn Harald auf dem Klavier spielte, wenn Gesserts Violine dazu sang!

Aber nicht nur mit Gessert hielt sie ein inniges Freundschaftsband umschlungen. Ihre einstigen Schulkameradinnen hielten noch immer treu zu ihr. Vor allem war es Gabriele Langen. Sie war noch immer am Dresdener Krankenhaus als Röntgenschwester beschäftigt und kam öfters heraus nach Heidenau, um nach Bärbel und ihren Kindern zu sehen. Sie hatte liebe, trostvolle Worte für die Freundin gehabt, und in der Stunde seelischer Not erkannte Goldköpfchen, wie treu es diese Freundin mit ihr meinte.

Aber auch Edith Rindermark stellte sich öfters in Heidenau ein.

„Du hast mir das Glück geschenkt, Bärbel, ohne dich wäre ich eine unzufriedene Frau, vielleicht wäre ich damals schon von meinem Manne fortgegangen. Zur rechten Zeit hast du eingegriffen. Nun habe ich Pflichten, fast zu viel Arbeit, Freude und Ärger an meinen drei Kindern, und das alles verdanke ich dir, ohne dich sähe es traurig um mich aus."

Da gab es manches über die Kinder zu erzählen. War Edith im Wendelinschen Hause, wurde Goldköpfchen ein wenig lebhafter, weil die Erziehung der Kinder das Gesprächsthema bildete und es gar viel von den Kleinen zu berichten gab. Auch Ediths Gatte kam hin und wieder zu Besuch. Ihn fragte Goldköpfchen häufig um Rat, wenn sie meinte, daß sie in der Erziehung der Kinder manchen Fehler gemacht habe.

Ein Besuch, der Bärbel noch trauriger stimmte, als sie es ohnehin schon war, hieß Helene Werffen. Es hatte sich im Leben der Freundin nicht viel geändert. Noch immer lebte der Gatte, an den Rollstuhl gefesselt, sein elendes Dasein. Noch immer galt sein Name in der Welt, noch immer warfen die Eisenhütten ein Vermögen ab. Aber alle die großen Summen konnten weder den Mann noch das verblödete Kind gesund machen. Aus der schönen, eleganten Helene Werffen war eine frühmüde Frau geworden, der das Leben nichts mehr zu bieten vermochte. Sie war eine schlechte Trösterin für Bärbel gewesen.

„Und trotzdem beneide ich dich, Bärbel", so hatte sie gesagt. „Du hast elf Jahre lang strahlendes Glück kennengelernt. – Und ich? Wie gern wollte ich am Grabe meines Kindes trauern, wenn ich es elf Jahre in Gesundheit hätte haben dürfen. – Ich stehe mit leeren Händen in der Welt, die deinen waren wenigstens für eine Zeitspanne gefüllt. Du bist die Glücklichere von uns beiden!"

Nach allen diesen Besuchen eilte Bärbel jedesmal hinaus zum Friedhof. Dann drückte sie die Hände fest auf den Hügel. Sie fand keinen Trost. Häschen war ihr genommen, Häschen kam nicht wieder.

Und nun lag Schnee auf seinem Grabe, weißer, leichter Schnee, der deckte den Hügel warm zu. Hermann hatte erklärt, er dulde es nicht, daß die Schneeflocken auf die Blumen fielen, er wollte alltäglich mit dem Besen hinausgehen und den Schnee wegfegen. Anfangs hatte er es getan, bis eines Tages Jürgen und Erna mitgegangen waren. Hermann hatte beiden eine lange Rede gehalten, daß der Vater hier unten liege und nicht herauskomme. Dann hatte Bärbel die kleine Erna in krampfartigem Weinen am Hügel gefunden. Ganz plötzlich war es dem kleinen Mädchen zum Bewußtsein gekommen, daß der gute Vati nicht mehr wiederkäme. – Der Vati, der immer so schön mit ihr gespielt hatte. Mit Gewalt mußte die junge Witwe die Kleine vom Grabe des Vaters entfernen.

„Ich will zum lieben Vati! – Mutti, ich will zum Vati!"

Fest drückte Bärbel die Kleine an sich. „Hast du denn die Mutti gar nicht mehr lieb? Willst du nicht länger bei deiner Mutti bleiben?"

„Aber auch zum Vati!"

Sie weinte immer stärker. Scheu und verängstigt schoben sich Hermann und Jürgen durch die Tür. Als sich Erna gar nicht beruhigen wollte, wurde der Älteste energisch.

„Jetzt sei aber still", sagte er herrisch. „Der Vati ist weg, du kannst noch so sehr schreien, er kommt nicht wieder. Aber merke dir das, wenn du noch eine Mutter hast, so danke Gott und sei zufrieden."

Schließlich gelang es Bärbel, die kleine Erna wieder zu beruhigen. Doch seit dieser leidenschaftlichen Szene wachte Goldköpfchen darüber, daß Erna nicht mehr zum Grabe des Verstorbenen ging. Sie untersagte es Hermann auch, den Schnee vom Hügel zu entfernen.

„Der Himmel schickt dem Vati ein weißes, warmes Tuch, das will der Vati so haben. Solange der Schnee anhält, so lange wollen wir dem Vati an jedem Tage unter sein Bild frische Blumen stellen. Das darfst du tun, Hermann."

Aber noch am selben Tage drückte sich doch ein verweintes Frauenangesicht in den weißen, tiefen Schnee auf dem Hügel.

„Häschen, warum fehlst du mir so sehr?"

3. Kapitel
Goldköpfchen lernt Neid und Mißgunst kennen

Georg Hampel stemmte die Arme in die Seiten, schaute seinen Besuch interessiert an und sagte, während leise Erregung in seiner Stimme zitterte:

„Wissen Sie sonst noch etwas, Herr von Sasseneck?“

„Du liebe Zeit, man könnte noch mancherlei erzählen, schließlich will man aber einer alleinstehenden Frau den guten Ruf nicht untergraben.“

„Guten Ruf, sagen Sie, Herr von Sasseneck? Wenn man sich so beträgt, wenn man schon in frühester Jugend allerlei angezettelt hat, worüber anständige Menschen den Kopf schütteln müssen?“

„Ja, ja, im Atelier Brausewetter ging es mitunter toll zu. Ich habe Fräulein Bärbel damals schon ermahnt. Aber die kleine Krabbe war zu wild. Unerhört war es, als sie einmal im Zorn dem Herrn Brausewetter den teuren Apparat umstieß, alles nur, weil sie schlechter Laune war. Brausewetter machte ihr einen Vorwurf, da wollte sie sich rächen.“

„Eigentlich hat man immer gehört, daß ihre Ehe eine glückliche gewesen sei. In dem kleinen Heidenau spricht sich alles herum. Ich habe mich um die Wendelins niemals gekümmert.“

„Das scheint mir so, lieber Herr Hampel. Ich habe bei meinen Reisen so manches gehört. Auch in Dresden sprach man von der tollen kleinen Frau, die ihre goldenen Haare als Schlingen für die Männerwelt benutzte. Raffiniert ist sie immer gewesen. Nach außen hin brav und scheinheilig, aber faustdick dabei hinter den Ohren.“

„Und solch eine Person versucht, mir das Geschäft zu verderben! Hier, – sehen Sie mal diesen Wisch! Lesen Sie! Das hat sie natürlich nicht selber geschrieben, o nein, dazu ist sie zu schlau. Die Kinder richtet sie dazu ab. Ich habe es herausbekommen.“

Herr von Sasseneck lachte.

„Ich habe bereits durch Ihren Konkurrenten, Herrn Rotmühl, von diesen Zetteln gehört und sie auch gesehen. Daraufhin habe ich Frau Wendelin besucht. Gerissen ist sie! Ich habe mehrfach auf diese unschöne Reklame hingewiesen, doch sie gibt sich den Anschein, als verstehe sie nicht, was ich meine.“

„Ihre Lümmel sind es! Na, wartet nur, wenn ich euch einmal erwische! Ich hatte schon die Absicht, die Polizei hinzuschicken. Schreibt mir diese Frau auf den Zettel, meine Arbeit sei Kitsch! – Na, Sie haben es ja gelesen, Herr von Sasseneck. Schon viermal habe ich mein Firmenschild reinigen müssen. Nun lege ich mich auf die Lauer, und nächstens gehe ich zum Direktor der Schule. Dem will ich sagen, was die Wendelinschen Rangen für Verbrechernaturen sind.“

Sasseneck nickte dazu. „Bei solch einer Mutter, – kein Wunder. Ich kenne Bärbel Wagner. Das eine Jahr, als ich mit ihr bei Herrn Brausewetter arbeitete, steht heute noch mit allen seinen Schrecken deutlich vor meiner Seele. Ich könnte Ihnen allerlei Zeugen bringen, Herr Hampel, doch, wie gesagt, sie will sich eine Existenz gründen und hat es gar nicht mal nötig. Ihr Vater ist schwerreich, hat eine glänzend gehende Apotheke und unterstützt seine Tochter ständig. Er hat schon damals, als unser Lehrling in Dresden Schulden machte, anstandslos alles bezahlt.“

„Schulden hat sie gemacht?“

„Lieber Himmel, man spricht nicht gern davon. Wie gesagt, ich könnte Ihnen noch manches erzählen.“

„Ich glaube, übergenug zu wissen, Herr von Sasseneck. Aus allen Ihren Andeutungen ersehe ich, daß an jener Frau Wendelin gar nichts dran ist. Zu befürchten ist allerdings, daß sie uns Konkurrenz macht. Ich hörte schon mehrfach, daß man großes Mitleid mit ihrem Schicksal hat und aus diesen Gründen ihr Atelier besuchen wird.“

„Bester Herr Hampel, Mitleid braucht man mit der Frau Wendelin wahrhaftig nicht zu haben. Natürlich macht sie Ihnen Konkurrenz, und in geradezu raffinierter Weise. Dabei – das will ich Ihnen ganz im Vertrauen sagen, versteht sie verflixt wenig von ihrem Fach.“

„Hat sie überhaupt ihr Examen gemacht?“

„Mit Mühe und Not. Herr Brausewetter soll die Sache ein wenig geschoben haben. Man munkelte, daß Apotheker Wagner allerlei Bestechungen bei der Prüfungskommission gemacht hätte.“

„So, so, – im allgemeinen ist das nicht gut möglich.“

„Hier soll es aber geglückt sein. Ich habe es natürlich auch nur gehört. Doch etwas Wahres ist sicherlich an der Sache.“

„Dabei schreibt diese freche Person auf den Zetteln, daß nur im Atelier Goldköpfchen künstlerische Aufnahmen gemacht werden. – Atelier Goldköpfchen, wie finden Sie das, Herr von Sasseneck? Jeder anständige Photograph setzt seinen Namen unter seine Reklamezettel. Und hier? Atelier Goldköpfchen! Natürlich, ganz richtig, wie Sie vorhin schon sagten. Sie benutzt ihre blonden Haare für Reklamezwecke, und die Männer fallen darauf herein! Solch goldblonder Schopf und zwei schmachtende Augen darunter verdrehen den jungen Leuten die Köpfe. Wer fragt dann noch nach guten oder schlechten Bildern!“

„Sie sehen, mein Bester, raffiniert bis in die Fingerspitzen. Hüten Sie sich vor der weiblichen Konkurrenz!“

„Du liebe Zeit, ich kann ihr doch den Laden nicht schließen lassen.“

„Aber ein wenig Schikane kann nichts schaden, lieber Herr Hampel. Wie es in den Wald hineinschallt, so schallt es wieder zurück. Sie macht Ihnen unreelle Konkurrenz; so stellen Sie sie doch einmal auf die Probe.“

„Wie meinen Sie das?“

„Sie werden doch eine Bekannte haben, die in Heidenau viel Verkehr hat. Die Dame läßt sich photographieren, die Aufnahme glückt nicht, eine zweite, eine dritte wird gemacht – dann kann Ihre Bekannte mit gutem Gewissen erzählen, daß man im Atelier Goldköpfchen wohl sein gutes Geld los wird, daß man aber gute Bilder nicht bekommt.“

„Und wenn das Bild glückt?“

Herr von Sasseneck lachte auf. „Mein Lieber, ich glaube, ich brauche Ihnen nicht erst zu sagen, wie man eine photographische Aufnahme absichtlich verwackelt. Im entscheidenden Augenblick eine kleine Bewegung – –“

Jetzt lachte auch Hampel. „Aber natürlich, natürlich! – Selbstverständlich liegt es dann am Apparat. Er ist schlecht, man kann damit keine guten Aufnahmen machen. – Ganz prächtig, Herr von Sasseneck. Die Frau Goldkopf stellen wir auf die Probe, wir brocken ihr eine Suppe ein, an der sie sich den Magen gründlich verdirbt. – Ganz famos!“

In diesem Augenblick wurde im Vorzimmer eine Tür geöffnet.

„Kundschaft, Herr von Sasseneck. Vielleicht warten Sie im Vorzimmer. Sie haben doch Zeit? Ich möchte noch manches von Ihnen wissen.“

„Gern, auch ich habe Zeit, ich habe die hiesige Kundschaft besucht und brauche erst am Abend wieder in Dresden zu sein.“

Herr Hampel legte sein Gesicht in liebenswürdige Falten und öffnete die Tür zum Vorzimmer. Dort saßen drei Knaben. Einer von ihnen etwa vierzehnjährig, die beiden anderen erheblich jünger.

Hermann Wendelin, einer der drei, wandte sich ab. Er mußte erst das Lachen bekämpfen. Das würde ein köstlicher Spaß werden. Hugo und dessen großer Bruder waren sofort mit von der Partie gewesen. Schon lange trug man sich mit dem Gedanken, es einmal ebenso zu machen, wie es einst Onkel Kuno gemacht hatte, als die Mutti ein Lehrfräulein gewesen war.

In den großen Ferien in Dillstadt war es geschehen. Da hatte Onkel Kuno lachend davon erzählt, daß er, als ein Vierzehnjähriger, mit seinem Zwillingsbruder ins Atelier Brausewetter gegangen sei. Dort hätten sie sich als Ausländer ausgegeben und in einer selbsterfundenen Sprache die Empfangsdame verulkt. Dieser Spaß hatte auf Hermann den größten Eindruck gemacht, und schon lange hatte er beschlossen, auch einmal in ein photographisches Atelier zu gehen und den Ausländer zu spielen. Um sich auch äußerlich ein etwas exotisches Aussehen zu geben, hatte man bei Hugo besonders sorgfältig Toilette gemacht. Ein bunter Schal wurde um den Leib geschlungen, die Mütze umgedreht, so daß das bunte Futter nach außen kam, die Augenbrauen dunkel nachgezogen; Hugo hatte außerdem noch ein Pappmesser zur Hand genommen. So war man zum Atelier Hampel gegangen, um nach dem Vorbild des Onkels seinen Spaß zu haben.

„Ola buna sellke?“

„Was soll's?“

„Ekoiza bulla muster.“

„Was heißt denn dieser Unsinn! Bist du nicht der Wendelin?“

Hermann hatte sich bisher still verhalten. Er fürchtete, daß er in helles Lachen ausbrechen würde, wenn er zu reden begann. Um so mehr sprach Hugo. Immer lauter, immer schneller schrie er auf Herrn Hampel ein, wandte sich schließlich an Herrn von Sasseneck, um auch ihn anzureden.

„Sprecht he indis?“

„Was wollt ihr hier?“

„Enkel sein – Sohn – von indise Maharadscha. Bild itsipntsi matschi, große Brust. – Katschi maltubani.“

„Bist du nicht der Wendelin?“ tobte Hampel los, indem er Hermann am Arm faßte.

„Auch Sohn von die indise Maharadscha!“

„Natürlich bist du der Wendelin! Du kommst mir gerade recht!“

„Butschi batschi matuschba“, rief nun auch Hermann.

Da holte Hampel weit aus und versetzte Hermann eine schallende Ohrfeige. Herr von Sasseneck griff Hugo, um an ihm das gleiche Strafgericht zu vollziehen. Der vierzehnjährige Herbert erreichte die Tür und lief davon.

„Ich sage es dem Maharadscha“, rief Hermann wütend.

„Also du bist der niederträchtige Bengel, der mir mein Firmenschild verklebt! Nun klebe ich dir auch ein paar!"

„Loslassen", schrie Hermann. „Ich bin der Lederstrumpf, der Schwarzfuß-Indianer!"

„Schau schau, mit einem Male kannst du reden. Aber warte, deinem Klassenlehrer sage ich es. Einsperren muß man dich! So, nun kannst du zu deinem Lederstrumpf gehen", grollte Hampel. „Wehe dir, wenn du noch einmal mein Firmenschild anrührst! – Hast du die Zettel geschmiert, Bengel?"

Mit finster gerunzelter Stirn schaute Herman den Photographen an.

„Willst du Antwort geben!"

„Nein!"

„Hast du die Zettel geschrieben?"

„Das brauchen Sie nicht zu wissen!"

„Solch ein Lümmel! Warte nur, Bürschchen, deiner Mutter will ich es anstreichen! Wenn euch eure Mutter nicht erziehen kann, müßt ihr in eine Anstalt kommen. – So, und jetzt macht schleunigst, daß ihr 'rauskommt! Und weiter rate ich euch, mein Haus in Ruhe zu lassen."

Herbert stand unten vor der Haustür und wartete auf seinen Bruder und dessen Freund. Die beiden mußten ihren gepreßten Herzen erst ein wenig Luft machen. Vor der geschlossenen Tür setzte plötzlich ein Höllenlärm ein. Hugo schwang den Pappdolch und stieß in seiner eigenen Sprache furchtbare Verwünschungen aus, in die Hermann mit einstimmte.

„Sagte ich es nicht", ereiferte sich Herr Hampel. „Das ist eine Erziehung! Sie haben ganz recht, mein lieber Herr von Sasseneck, der Frau zahle ich es heim. – Natürlich hat sie uns die Jungen auf den Hals geschickt. Ich werde mich doch wehren können. Sie soll nicht mit mir anfangen. Ich habe meine Kunden, und denen will ich vom Atelier Goldköpfchen erzählen. Sie haben wirklich recht, man muß sich rächen. Ich werde die Sache selbst in die Hand nehmen." – –

Es war keine leere Drohung, die Photograph Hampel ausgestoßen hatte. Der von Sasseneck angeregte Plan ließ sich ohne Schwierigkeiten ausführen. Hampel konnte sich auf seine Schwester Trude verlassen. Trude war in Heidenau mit dem Postsekretär Lohmann verheiratet und liebte den Bruder über alle Maßen. Sie hatte sich schon lange über die neue Konkurrenz erregt und erklärt, daß sie im Kränzchen allen bekannten Damen und Kollegenfrauen abraten werde, in das neueröffnete Atelier in der Brückenstraße zu gehen. Trude würde ihm gern helfen, seinen Plan auszuführen.

Noch am Abend desselben Tages ging Hampel zu seiner Schwester und erzählte ihr von den Schikanen, unter denen er zu leiden habe, seitdem das Atelier Goldköpfchen eröffnet sei.

„Selbstverständlich stehe ich dir bei, Georg, natürlich werde ich deinen Wunsch erfüllen. Gleich morgen gehe ich mit Mauselchen ins Atelier, dann wollen wir sehen, ob diese falsche Person ein anständiges Bild herstellen kann. Ich werde mich und Mauselchen zusammen photographieren lassen."

Mauselchen war die dreijährige, stark verzogene Tochter der jungen Frau Lohmann. Um Mauselchen drehte sich in dem kleinen Haushalt alles. Es war bisher selbst Herrn Hampel unmöglich gewesen, ein gutes Bild von dem Kinde zu machen, weil eben Nina Lohmann durchaus nicht still saß und sofort schrie und strampelte, wenn man sie aufforderte, ruhig und artig zu sein.

„Es ist besser, du läßt von Mauselchen allein ein Bild machen und dann eins von dir, Trude. Wir haben dann gleich zwei Aufnahmen, aus denen hervorgeht, daß jene eingebildete Frau Wendelin von der Kunst des Photographierens rein gar nichts versteht."

„Ich werde bei allen meinen Bekannten erzählen, wie es dort zugeht. Sei versichert, Georg, wenn sie erst die beiden Bilder sehen, wird kein Mensch mehr ins Atelier Goldköpfchen gehen. Dafür laß mich sorgen. Ich komme nicht nur in unserm Kränzchen und in Frauenversammlungen mit den verschiedensten Damen zusammen, ich bin auch Mitglied zahlreicher

Vereine und werde überall auf die Bilder zu sprechen kommen. Ich bin überzeugt, es dauert keine vier Wochen, dann weiß man in ganz Heidenau, daß Frau Goldköpfchen kein ordentliches Bild herstellen kann."

„Ich danke dir herzlich, liebe Schwester. Natürlich muß dieser Plan unser Geheimnis bleiben. Im gegebenen Augenblick mußt du dich ein wenig bewegen, möglichst unmerklich, das Bild wird unscharf, verschwommen, kurzum, weder die erste, noch die zweite oder dritte Aufnahme darf gelingen."

„Laß mich nur machen, Georg. Ich bin für Frau Wendelin eine Fremde, die Sache wird klappen."

Hochbefriedigt trennten sich die Geschwister. – –

Bärbel war voller Freude, als am Vormittag des nächsten Tages eine Dame mit einem reizenden Kinde erschien, und von sich und der Kleinen je ein Bild verlangte.

„Es liegt mir daran, recht klare und gute Aufnahmen zu erhalten. Im allgemeinen habe ich wenig Vertrauen zu weiblichen Photographen, doch Sie preisen Ihr Atelier derartig an, daß ich einen Versuch machen möchte."

„Ich hoffe, daß ich Sie zufriedenstellen werde, gnädige Frau."

„Da Sie schreiben, daß man nur in Ihrem Atelier wirklich erstklassige Bilder bekommt, will ich natürlich nicht mehr zu Hampel oder Rotmühl gehen. Wer solch kühne Worte wählt, muß Außerordentliches leisten."

„Ich wüßte nicht, gnädige Frau, daß ich mein Atelier besonders herausgestrichen habe."

„Aber, werte Frau, in allen Häusern wurden doch Zettel, die auf Atelier Goldköpfchen hinweisen, abgegeben."

„Was für Zettel meinen Sie?"

„Davon werden Sie doch etwas wissen. Auch ich und alle meine Bekannten haben derartige Zettel erhalten. Schade, daß ich einen solchen nicht mehr besitze."

„Ich weiß wirklich nichts von derartigen Zetteln."

Frau Lohmann wiederholte den Inhalt der Reklame, so gut sie es aus dem Gedächtnis heraus noch vermochte. Bärbels ohnehin blasses Gesicht wurde noch um einen Schein bleicher.

„Anscheinend von Ihren Kindern geschrieben. Mancher Zettel wies als schöne Zugabe noch einen Tintenklecks auf."

Was hatte doch Hermann erst kürzlich gesagt? Er behauptete, er werde der Mutti ein glänzendes Geschäft verschaffen. Niemand werde mehr in ein anderes Atelier gehen. Alle Heidenauer würden zu ihr kommen. Hatte vielleicht Hermann diese Zettel geschrieben und in die Häuser getragen? Das wäre entsetzlich! Bärbel hatte ohnehin schon das Gefühl, daß man ihr in den beiden anderen Ateliers nicht wohlwollte.

„Ich werde noch heute die Kinder befragen. Es liegt selbstverständlich nicht in meiner Absicht, den anderen Herren in irgendeiner Weise unschöne Konkurrenz zu machen. Ich würde es sehr bedauern, wenn ganz unbeabsichtigt und in kindlichem Unverständnis etwas derartiges geschrieben wurde."

„Im großen und ganzen müssen Mütter doch wissen, was ihre Kinder beginnen. – Doch lassen wir das. Eine jede Mutter erzieht sich das, was sie verdient."

Bärbel erwiderte darauf nichts mehr. Sie hatte eine Kundin vor sich, die gleich zwei Bilder haben wollte. So mußte sie liebenswürdig bleiben.

Sie lenkte das Gespräch ab und fragte nach den weiteren Wünschen der Dame. Die dreijährige Tochter trippelte im Atelier umher und griff nach den umherliegenden Bildern. Sorgenvoll verfolgte Goldköpfchen die Bewegungen des kleinen Mädchens.

„Nichts anfassen", sagte sie freundlich. „Ich will dir ein Lämmchen geben, mit dem du spielen kannst."

Aus dem Schrank holte sie das Spielzeug und reichte es dem Kinde. Nina warf das Lämmchen auf die Erde und griff wieder auf das kleine Tischchen, auf dem Bilder lagen.

„Komm zu deiner Mutti, Mauselchen."

„Mauselchen will die Bilder haben."

„Willst du nicht lieber mit dem Lämmchen spielen?" fragte Bärbel und legte erneut das Wolltier dem Kinde in den Arm.

Die Kleine schleuderte es zornig nach Bärbel. „Ich will damit nicht spielen, ich will die Bilder haben!"

Die Mutter versuchte, zu besänftigen. Da begann Mauselchen zu weinen, schlug schließlich auf die Mutter ein, warf sich zu Boden, strampelte mit den Beinen. Alle Versuche Frau Lohmanns fruchteten nichts. Noch klangen Goldköpfchen die vorhin gesprochenen Worte im Ohr, daß eine jede Mutter sich das erzieht, was sie verdient. Aber jetzt hieß es schweigen, sie hatte eine Kundin vor sich, die bedient werden wollte.

„Ich sehe schon", klagte Frau Lohmann, „es wird nichts mit der Aufnahme. Mauselchen hat kein Vertrauen zu Ihnen. – Mauselchen, mein Herzchen, deine Mutti bittet dich, sei vernünftig. Willst du Schokolade haben? Deine Mutti kauft dir nachher schönes Spielzeug. Komm, stehe auf, mein Mauselchen, mein Goldherzchen!"

Aber nur noch wilder und ungebärdiger schlug das kleine Mädchen um sich.

Inzwischen machte Goldköpfchen alles für die Aufnahme fertig. Wie konnte eine Mutter nur so unvernünftig handeln und dem eigensinnigen Kinde alles versprechen, anstatt ein energisches Wort zu reden. Mehrmals drängte es Bärbel, dazwischenzutreten. Immer hatte man ihr gesagt, daß sie mit Kindern sehr gut umzugehen verstehe. Wohl hatte sie anfangs im Atelier Brausewetter auch manchen Fehler bei Kinderaufnahmen gemacht, doch später hatte ihr der Chef das Zeugnis ausgestellt, daß sie es trefflich verstehe, erregte Kinder zu besänftigen und zur Aufnahme zu bringen.

„Vielleicht machen wir erst Ihre Aufnahme, gnädige Frau. Inzwischen beruhigt sich die Kleine ein wenig."

„Soll ich Mauselchen auf der Erde liegen lassen?"

Bärbel wandte sich an die Kleine. „Paß nun mal schön auf, kleines Mädchen. Wir machen jetzt ein hübsches Bild von der Mama. – So, nun gib einmal gut acht."

Noch immer schlug Nina um sich.

„Schau, auch so hübsche Bilder wie diese mache ich jetzt. Guck einmal zu, ob du die Mama hier herausfindest."

Bärbel legte einige Bilder auf den Boden neben die Kleine. „Sieh einmal her, ist das deine Mama? – Oder vielleicht diese? Ach nein, das ist ja ein Papa! – Nun suche einmal nach, ob du die Mama darunter findest."

Das Weinen und Schreien verstummte, der Kindermund schloß sich trotzig. Nina warf erst scheue Blicke auf die Bilder, die Bärbel rings herum auf den Boden streute. Schließlich nahm Nina ein Bild zur Hand, dann ein zweites.

„Wenn du die Mama gefunden hast, dann rufst du so laut du kannst: Hurra!"

Das Kind wurde dadurch abgelenkt. Zwar schaute Frau Lohmann noch immer besorgt zu ihrem Mauselchen hinüber; sie stellte aber sehr bald fest, daß die Kleine langsam ruhiger wurde.

„Darf ich bitten, gnädige Frau?"

„Ein recht gutes Bild möchte ich haben."

„Ich werde mir alle Mühe geben."

„Sie wissen doch, daß im Atelier Hampel keine guten Bilder gemacht werden." Aus den Augen der Beamtenfrau schoß ein lauernder Blick zu Frau Bärbel hinüber.

„Davon habe ich nichts gehört, gnädige Frau, im Gegenteil, man sagte mir, daß die Heidenauer Photographen den Dresdnern in nichts nachstehen."

„Daß Atelier Rotmühl keine anständigen Kinderbilder liefert, müssen Sie schon gehört haben."

„Ich lebe sehr zurückgezogen, gnädige Frau. – Darf ich nun bitten!"

„Sie haben das sicherlich schon gehört. Herr Rotmühl ist außerdem ein recht unliebenswürdiger Herr, zu dem man nur ungern geht."

„Ich kenne den Herrn persönlich gar nicht."

„Sie haben doch aber schon gehört, daß er schlechte Bilder macht?"

„Nein, das habe ich noch nicht gehört. – Bitte, wollen Sie den Kopf ein wenig mehr nach links drehen."

Ganz absichtlich stellte sich Frau Lohmann recht ungeschickt, so daß Bärbel mehrmals neue Aufstellungen zu machen hatte.

„Lieber Himmel, im Atelier Hampel wären in dieser Zeit schon drei Bilder fertig gewesen. – Sie haben anscheinend noch herzlich wenig Übung."

„Wir haben uns bisher stets mißverstanden, gnädige Frau. Ich bitte, nicht so sehr nach links. – Den Kopf nicht so hoch – nein, auch nicht so tief. – So."

„Das ist ja fast wie vor fünfzig Jahren. Heute setzt man sich hin und wird photographiert. – Sie wollen jeden Augenblick eine andere Stellung haben. – Ach, es ist schrecklich, man bekommt ja den Krampf, und dann soll es ein natürliches Bild werden."

„Vielleicht wählen wir besser eine andere Stellung."

Bärbel wurde unruhig. Soviel Mühe hatte ihr noch keine Aufnahme gemacht. Es schien fast, als setze diese Frau alles daran, sie mißzuverstehen.

„Also gut“, sagte Frau Lohmann höhnisch lachend, „fangen wir ganz von vorn an. Doch bis Mitternacht muß die Aufnahme gemacht sein, und das Kind soll auch noch an die Reihe kommen.“

Endlich war es so weit. Gespannt wartete Frau Lohmann auf den Augenblick, daß die junge Photographin die schwarze Hülle von der Linse nahm. Kaum war das geschehen, gab sie sich einen kleinen Ruck, der jedoch von Bärbel bemerkt wurde.

„Gnädige Frau, wir müssen eine neue Aufnahme machen. Sie haben leider nicht ruhig gesessen.“

„Ich nicht ruhig gesessen? Das hat mir noch kein Photograph gesagt. Im Gegenteil, allgemein behauptete man, daß ich mich vortrefflich photographieren lasse. Immer habe ich vorzügliche Bilder erhalten.“

Bärbel wechselte die Platten aus. „Ich bitte, noch eine Aufnahme.“

„Also wieder eine halbe Stunde.“

„Bitte, recht ungezwungen, gnädige Frau. – So ist es ja schon gut. – Bitte, nicht wieder steif werden.“

„Das Exerzieren beginnt von neuem!“

Die zweite Aufnahme folgte. Bärbels Stirn furchte sich. Auch diesmal hatte die Kundin eine kleine, kaum merkliche Bewegung im gegebenen Augenblick gemacht, doch Bärbels Auge war sie nicht entgangen.

„Wir wollen zur Sicherheit noch eine Aufnahme machen“, sagte sie leise.

„Noch eine? Soll ich drei Aufnahmen bezahlen?“

„O nein, nur eine Aufnahme wird berechnet.“

„Aber doppelt teuer, nicht wahr?“

„Auch das nicht. Sie müssen aber unbedingt ruhig sitzen, oder wir machen eine Momentaufnahme.“

„Nein! Ich denke, so viel werden Sie leisten, daß Sie ein gutes Bild von mir bekommen.“

„Verzeihung, gnädige Frau, doch es liegt an Ihnen.“

„Das ist arg! Also versuchen wir es zum dritten Male. Ich erkläre Ihnen jedoch schon jetzt, daß ich zum vierten Male mich nicht mehr hinsetze. – Also bitte."

Gespannt schaute Bärbel auf ihre Kundin. Diesmal schien es geglückt zu sein. Erst in dem Augenblick, da sie die Hülle wieder überdecken wollte, schnellte der Kopf Frau Lohmanns ein wenig empor.

„So, und nun Mauselchen."

Die Kleine suchte noch immer in den Bildern.

„Hast du die Mama noch nicht gefunden, kleines Mädchen? Wollen wir dich jetzt einmal vor den Apparat setzen? Soll er dich einmal genau angucken?"

Es zuckte hohnvoll um Frau Lohmanns Lippen. Sie wußte genau, wie es kommen würde. Zunächst ging alles glatt; wenn Mauselchen dann aber vor dem Apparat saß, begann das Schreien.

„Komm her, mein süßes – –"

„Bitte, bemühen Sie sich nicht, gnädige Frau."

„Glauben Sie, mit der Kleinen allein fertig zu werden?"

„Ganz sicher, gnädige Frau."

„Mauselchen, mein Liebling, die fremde Tante will dich photographieren. – Huh – vor den bösen Kasten setzen."

„Komm, kleines Mädchen, wir wollen dich hier an den Stuhl stellen; auf den Stuhl setzen wir das Lämmchen, – oder – warte mal, wir holen lieber den großen Hund."

Wieder war Bärbel an den Schrank geeilt, dem sie einen größeren Stoffhund entnahm.

„Schau mal, wie lieb dich der Hund ansieht, er freut sich über das kleine Mädchen. – Willst du ihn einmal streicheln?"

„Mauselchen, mein süßes – –"

„Bitte, gnädige Frau, bleiben Sie zurück."

„Nun gut." Frau Lohmann war ihrer Sache sicher. Sobald Bärbel den Apparat bereitmachte, begann das Geschrei des Kindes.

Wieder bereitete Goldköpfchen alles für die Aufnahme vor, während sie mit der kleinen Nina sprach.

„Soll der Hund nun auch einmal bellen?"

„Ach ja!"

„Wau – wau!" klang es aus Goldköpfchens Munde, und helles Lachen des Kindes antwortete.

Nina nahm den Hund hoch, legte ihren Kopf an den des Tieres, ein reizender Anblick. Sie richtete die strahlenden, lachenden Augen auf Bärbel. „Bellt er noch mal?"

„Jawohl, – paß mal auf, gleich bellt er wieder."

In der nächsten Sekunde war die Platte bloßgelegt, atemlos wartete das Kind auf das Bellen, das aber erst ertönte, als Bärbel die Platte wieder verhüllt hatte.

„Wau – wau!" rief sie erleichtert. Sie wußte, daß sie soeben ein Bild von geradezu bezaubernder Anmut und Natürlichkeit geschaffen hatte.

Die Augen Frau Lohmanns stachen. „Schon fertig?" fragte sie giftig.

„Jawohl, gnädige Frau."

„Ist es nicht richtiger, Sie machen noch eine zweite Aufnahme?"

„Es ist wirklich unnötig, gnädige Frau."

„Sind Sie Ihrer Sache so sicher? Ich möchte aber noch eine zweite Aufnahme angefertigt haben."

„Wenn Sie es wünschen, gern."

„Jawohl, und jetzt eine Aufnahme ohne den Hund."

„So, kleines Mädchen, nun stell dich dort an den Stuhl."

„Mauselchen, gleich springt aus dem schwarzen Kasten eine böse Katze."

„Aber, gnädige Frau, Sie machen die Kleine ja nur ängstlich."

„Sie beißt dich, wenn du nicht ruhig stehst."

„Will keine Katze sehen!" Das Gesicht des Kindes verzog sich zum Weinen.

„Nein, nein", beruhigte Goldköpfchen, „aus dem Kasten kommt nichts. Und dort sitzt der Hund, er paßt gut auf."

Aber mit der guten Laune Ninas war es vorbei. Sie betrachtete angstvoll den Apparat. Vergeblich bemühte sich Goldköpfchen, das Kind zu beruhigen. Frau Lohmann sorgte dafür, daß Nina immer unruhiger wurde und sich schließlich erneut auf den Fußboden warf.

„Eine zweite Aufnahme ist wirklich unnötig, gnädige Frau", sagte Goldköpfchen. „Ich garantiere, daß Sie ein gutes Bild von der Kleinen bekommen."

„Ich möchte aber eine Aufnahme des Kindes ohne den Hund haben."

„Dann muß ich Sie dringend bitten, das Atelier zu verlassen. Ich werde mit dem Kinde fertig werden."

„Das ist mir noch nicht gesagt worden. Jawohl, ich werde das Atelier verlassen, doch mit meiner Tochter. – Komm, Mauselchen. – Wann kann ich die Bilder haben?"

„In zwei Tagen."

„Ich möchte die Bilder schon morgen haben."

„Nun gut, Sie können die Bilder schon morgen haben."

Mit kühlem Gruß entfernte sich die Mutter mit dem noch immer weinenden Kinde. Auf der Treppe, auf der sie andere Hausbewohner traf, sagte Frau Lohmann laut und deutlich:

„Sei nur ruhig, mein Liebling, die böse Tante darf dich nicht wieder schlagen. Einfach unerhört, wie sie mit den Kleinen umspringt. – Mich sieht man hier nicht wieder."

Verwundert blickte das Ehepaar aus dem ersten Stockwerk der Hinabschreitenden nach.

4. Kapitel
Das Atelier „Goldköpfchen"

Bärbel hatte sich von der Vorweihnachtszeit beruflich etwas mehr versprochen. Wohl kam hin und wieder ein Kunde, aber die Einnahmen blieben doch weit hinter ihren Erwartungen zurück. Sie tröstete sich damit, daß ihr Atelier erst besser bekannt werden müsse. Dabei hätte sie so gern alle Hände geregt, denn ihr graute vor dem bevorstehenden Fest. In den Kindern war schon die Weihnachtsfreude, immer wieder sprachen sie von dem Weihnachtsbaum, von den zu erwartenden Geschenken, Erna übte Weihnachtslieder, lernte mit Jürgen Gedichte auswendig, die Wunschzettel waren längst geschrieben; so schufen die Kinder für sich die Weihnachtsstimmung, die zu der Mutter nicht kommen wollte.

Mit welcher Freude, mit welchem Eifer hatte sie sonst die Einkäufe besorgt! Sie selbst fühlte sich zur Weihnachtszeit wie ein Kind. Sie hatte Freude an den aufgestellten Tannenbäumen, an den weihnachtlich geschmückten Schaufenstern. Wie ganz anders war es jetzt! Wohl hatten die Eltern versprochen, die Weihnachtsfeiertage in Heidenau zu verleben, aber auch das würde in Bärbel keine frohe Stimmung aufkommen lassen. Der Bruder, Kuno, hatte erklärt, er werde selbstverständlich allein in Dillstadt bleiben, um nach dem Rechten zu sehen. Die Eltern gehörten in diesen schweren Tagen zu ihrer trauernden Tochter. Sie sollten ihr möglichstes dazu beitragen, der Schwester über das schlimmste hinwegzuhelfen.

Die Kinder trieben schon seit Wochen allerlei Geheimniskrämerei. Kam Bärbel unerwartet ins Kinderzimmer, wurden Papiere und anderes mehr eiligst unter den Tisch gesteckt. Die Mutter wurde dringend gebeten, möglichst rasch wieder zu verschwinden. Sie tat es. Selbst Frau Leuschner wurde oftmals aus dem Zimmer geschickt, denn man plante eine große, sehr große Überraschung.

Frau Leuschner saß dann mit der kleinen Erna im Nebenzimmer, während die beiden Knaben jeden Augenblick zu ihr hereinkamen, sie baten, die Buntstifte zu spitzen oder Tintenfinger abzuwischen und anderes mehr. Was die Knaben trieben, ahnte niemand. Anscheinend wurde irgendein Gemälde hergestellt, Bilder ausgemalt. Alle Anfragen blieben unbeantwortet. –

Bärbel hatte sich eben vorgenommen, hinüber in die Wohnung zu gehen. Sie war heute recht unruhig. Die Worte der Kundin, die sie vorhin verlassen hatte, waren ihr unklar. Sie mußte von Hermann hören, ob er tatsächlich jene Zettel herumgetragen hatte, ob er auf diesen Zetteln die Kollegen herabsetzte und anderes mehr. Sie konnte dadurch die größten Unannehmlichkeiten haben. Sie mußte ihrem Ältesten klarmachen, daß er derartige Anpreisungen nicht anfertigen, daß er nicht einmal mit Äußerungen die anderen photographischen Ateliers herabsetzen durfte.

Sie betrat das Kinderzimmer. Ihr Blick fiel auf ein großes Plakat. Ein breiter, bunter Rand war geschickt angefertigt worden. Obwohl sich Hermann sofort über den Tisch warf, hatten Bärbels Augen doch das Wort „Rotmühl“ gelesen.

Jäher Schreck durchzuckte sie. Rotmühl hieß einer ihrer Kollegen.

„Mutti, bitte, geh rasch wieder 'raus! Hier ist der Weihnachtsmann!“

„Was macht ihr da?“

„Bitte, geh 'raus, Mutti!“

„Was hast du zu verbergen, Hermann?“

Zwei Kinderaugen schauten bittend zu ihr auf. „Wenn Weihnachten kommt, dürfen kleine und große Leute nicht neugierig sein, Mutti.“

„Soll das ein Geschenk für mich werden, Hermann?“

„Ja“, schrie Jürgen, „und ganz was Feines! – Sieh mal, Mutti!“ Er hielt ihr die Finger entgegen, die schwarz von Tinte waren. „Mit 'nem kleinen Knüppel malen wir die Buchstaben, und der Jürgen zieht mit dem Finger den dicken Strich drunter!“

„Ich glaube, daß sich die Mutti über dieses Geschenk nicht freuen wird, Hermann!“

„Wird sie schon“, jubelte Jürgen. „Wir freuen uns ja auch. – Und nu geh doch wieder 'raus!“

„Ich habe mit euch zu reden, Kinder. Ist es wahr, Hermann, daß du Zettel geschrieben hast, die in die Häuser getragen wurden? Hast du auf diesen Zetteln bekanntgegeben, daß deine Mutter ein Atelier hat?“

„Ach, wie schade“, sagte Hermann. „Du solltest es doch erst zu Weihnachten wissen, wenn du dich wunderst, daß alle Leute zu dir kommen, und du viel Geld verdienst.“

„Was sind das für Zettel?“ fragte Bärbel voll Unruhe. „Was steht auf den Zetteln?“

Hermann vergaß, daß er das große Plakat mit seinem Körper decken wollte, und richtete sich empor. Auf der grauen Jacke zeigten sich vier große Querstriche von Tinte, denn Hermann hatte sich auf das frisch unterstrichene Plakat gelegt und die Tinte auf diese Weise abgetrocknet.

Bärbel erblickte das Plakat und las es.

„Hermann! – Was soll das?“

„O je“, sagte er weinerlich, „die ganze schöne Weihnachtsfreude hast du gesehen!“

„Und das soll eine Weihnachtsfreude für mich sein?“

„Das hat er selber zusammengereimt“, rief Jürgen. „Fein, Mutti – was?“

Halblaut las Bärbel den Vers, der das Plakat schmückte:

„Geht nicht zu Rotmühl, der kann nicht viel.
Geht nicht zu Hampel, dem Mann, der nichts kann.
Geht nur zu Wendelin. Ins Atelier Goldköpfchen gehört ihr hin!“

„Das wollen wir dir schenken“, rief Jürgen. „Das hängen wir wie 'ne Fahne aus dem Fenster! O weh, der Hermann ist ein Ferkel – alles hat er verwischt.“

Goldköpfchen wußte anfangs nicht recht, was sie sagen sollte. Sie war eigentlich entrüstet. Trotzdem wußte die Mutter, daß ihr die Kinder mit Absicht keine Unannehmlichkeiten bereiten wollten. Nur zu helfen war ihr Wunsch.

„Kommt einmal her zu mir, ihr lieben Jungen“, sagte sie ernst, indem sie sich auf das Sofa setzte und rechts und links einen Knaben umschlang. „Ich weiß, ihr wollt eurer Mutti helfen. Aber so geht das nicht. Ihr werdet das noch nicht verstehen; doch paßt jetzt einmal gut auf, was ich euch sagen werde.“

Dann begann Bärbel den Kindern ein wenig Verständnis dafür beizubringen, daß solch ein Vorgehen nicht gestattet sei, daß es sogar strafbar wäre, und daß die Mutti heute schon unfreundliche Worte wegen der verteilten Zettel erhalten hätte.

Die Gesichter der beiden Knaben wurden immer erstaunter.

„Ach, Mutti“, sagte Hermann tröstend, „mach dir nur keine Sorgen. Die anderen sind nur böse, daß alle Leute jetzt zu dir kommen wollen. Wenn sie sich ein bißchen ärgern, so schadet das nichts. Du hast doch gesagt, ich sollte dir beistehen, da unser Vati tot ist. Und nun stehe ich dir bei. Oh, Mutti, ich habe noch ganz andere Dinge ausgedacht!“

„Was denn, Hermann?“

„Der Hugo und ich, wir haben gestern dem Herrn Hampel Knallerbsen auf die Treppe gelegt. Wenn die Leute dann kommen, schießt es los; dann laufen sie weg und kommen zu dir.“

„Hermann, wie kannst du das tun!“

Zärtlich strichen zwei Kinderhände über der Mutter Wangen. „Meine Mutti muß viel Geld verdienen, dabei helfe ich ihr.“

„Und ich auch“, rief Jürgen.

„Und morgen, hat der Herbert gesagt, morgen will er die Klingel bei Rotmühl mit Lehm verschmieren. Dann kann man nicht klingeln, dann hört der Rotmühl nicht, wenn sie kommen, und dann kommen sie zu dir.“

„Hermann, ich habe gedacht, daß du in deinem Alter bereits begreifst, daß man anderen Menschen absichtlich keinen Schaden zufügen darf. Was geht euch die Klingel des Herrn Rotmühl an? Würdest du Freude daran haben, wenn Herr Hampel deiner Mutter Knallerbsen auf die Treppe legte?“

„Der soll nur kommen!“ rief Hermann mit blitzenden Augen. „Ich ginge zur Polizei und ließe ihn einsperren.“

„Wenn nun aber Herr Hampel zur Polizei geht und dich einsperren läßt?“

Da schwieg Hermann still. Der Herr Hampel war ein energischer Herr. Der Knabe fühlte heute noch die Schläge, die er von ihm bekommen hatte.

„Mutti“, sagte er innig, „du sollst doch nur viel Geld verdienen, und ich möchte dir dabei helfen.“

Es dauerte lange, ehe Goldköpfchen den beiden Knaben klargemacht hatte, welche Unannehmlichkeiten ihr durch das Verhalten der Kinder erstehen würden. Machte sie sich erst die beiden Photographen zu Feinden, sprach es sich in Heidenau herum, daß ihre Kinder in dieser unschönen Weise für die Mutter Stimmung zu machen versuchten, konnte es geschehen, daß niemand mehr in ihr Atelier kam. Schon die Äußerungen der letzten Kundin bewiesen, daß das Atelier Goldköpfchen keinen guten Ruf genoß. Und dann das Verhalten des Herrn von Sasseneck. Doch das würden ihre beiden Knaben noch gar nicht begreifen.

„Ich weiß, daß ihr es sehr gut mit mir meint, daß ihr eurer Mutti helfen wollt. Doch nun versprecht mir auch, daß ihr derartiges niemals wieder tun werdet. Die Klingel darf nicht verklebt werden, ihr geht nicht wieder in die Ateliers der Herren und schreibt auch keinen Reklamezettel mehr."

„Dann will ich auch vom Großpapa die Druckerei nicht haben, die ich mir gewünscht habe."

„Was wolltest du mit der Druckerei?"

„Zettel für das Atelier Goldköpfchen drucken, weil der eine gesagt hat, die Zettel sind zu verschmiert, sie müßten gedruckt werden. Nun will ich die Druckerei gar nicht haben."

Wieder zog Bärbel ihren Ältesten fest an sich. Sie konnte den Knaben nicht zürnen. Nur aus guten, hilfreichen Herzen heraus hatten sie ihr beistehen wollen und waren in die Irre gegangen.

„Den ganzen Tag wollte ich für dich arbeiten, Mutti, weil der Vati doch nun tot ist und für dich nicht mehr arbeiten kann. Und da ist es wieder nichts geworden. Und ich habe so schöne Ideen gehabt, Mutti. Darf ich auch die Zettel hier nicht verteilen?" Hermann sprang aus und holte aus dem Schulranzen etwa zwanzig beschriebene Zettel hervor.

„Zeige her, mein lieber Junge."

Auf der Rückseite der Kinozettel stand zu lesen: „Jeder hundertste Besucher des Atelier Goldköpfchen bekommt ein Geschenk."

„Nein, mein Junge, auch diese Zettel darfst du nicht verteilen."

„Aber der Pfeiffer hat es auch in die Zeitung geschrieben, daß jeder hundertste Besucher ein Geschenk bekommt. Wenn es der Pfeiffer schreiben darf, kann ich es doch auch schreiben."

„Der Pfeiffer hat ein Warenhaus, mein liebes Kind. Das ist ganz etwas anderes als ein photographisches Atelier. Ihr sollt in Zukunft gar nicht mehr von meinem Atelier sprechen, damit leistet ihr mir den allergrößten Dienst."

Draußen klopfte es. Das Mädchen kam herein und teilte Frau Wendelin mit, daß ein Polizist gekommen wäre, der nach der gnädigen Frau frage.

„Ein Polizeibeamter will zu mir?"

„Jawohl.“

Bärbel ging hinaus. Dort stand der Mann. Scheu und zaghaft schauten zwei Knabenköpfe durch den Türspalt.

„Frau Barbara Wendelin?“

„Jawohl, die bin ich.“

„Wir haben hier eine Vorladung. Wenn es Ihnen möglich ist, erwarten wir Sie morgen vormittag zwischen neun und zehn Uhr auf dem Revier.“

„Liegt denn gegen mich etwas vor?“

„Das werden Sie morgen erfahren.“

Der Beamte war gegangen. Gedrückt kehrte Bärbel ins Zimmer zurück.

Jürgen klammerte sich an die Mutter.

„Was will er denn von dir?“

„Ich weiß es nicht, mein Junge.“

„Mutti“, begann Hermann leise, „ob er wegen den Knallerbsen kommt?“

Goldköpfchen atmete schwer. Es war nicht unmöglich, daß einer der Kollegen zur Polizei gegangen war. Wer konnte wissen, was die beiden Knaben noch weiter angerichtet hatten? Vielleicht nahm man sie in Strafe, vielleicht erfuhr sie noch manches, was ihr bis heute unbekannt war.

„Mutti, stecken sie dich ein?“ fragte Jürgen sorgenvoll. „Neulich haben zwei Polizisten auch 'nen Mann gleich von der Straße mitgenommen.“

Vor der Polizei hatten die beiden Knaben die allergrößte Hochachtung. Besonders Hermanns Herz schlug unruhig. Hampel hatte neulich, als man bei ihm gewesen war, davon gesprochen, daß er die Polizei benachrichtigen würde. – Wenn er es getan hatte, trug er allein die Schuld daran, daß man die Mutti einsperrte.

In plötzlich aufsteigender Angst umklammerte er die Mutter. „Mutti, wenn sie dich einsperren, wenn du nicht mehr wiederkommst – Mutti, dann nimm mich lieber gleich mit.“

Nun fing Jürgen bitterlich an zu weinen. „Der Polizeimann darf dich nicht mitnehmen."

Bärbel mußte die erregten Kinder beruhigen. Sie rief Frau Leuschner herein, die nun auch ihrerseits den Knaben begütigende Worte sagte.

„Mutti, wenn sie dich nicht einsperren, will ich auch niemals wieder einen Zettel schreiben. Ich werde auch nicht mehr als Indianer zum Herrn Hampel gehen, und dabei habe ich mir schon so viele Federn gesammelt."

Noch allerlei Neues erfuhr die Mutter in dieser Stunde, und immer schwerer wurde ihr Herz. Sie ahnte bereits, daß ihr der morgige Tag manch Peinliches bringen würde.

Während sich Bärbel am anderen Morgen für den Gang zur Polizei rüstete, herrschte in zwei Schulklassen die größte Erregung. Hermann hatte sein kummervolles Herz den Freunden ausgeschüttet und erzählt, daß die Mutti heute früh zur Polizei kommen müsse. Jürgen aber wußte schon, daß man die Mutti dort festhalten werde, daß sie eingesperrt würde, und daß man von nun an bei Frau Leuschner bleiben müsse. Unter den Knaben wurden die verschiedensten Pläne ausgeheckt, wie man Frau Goldköpfchen beistehen konnte, doch wagte niemand mehr, gegen Herrn Hampel vorzugehen, weil alle sich klar darüber waren, daß nur er die Polizei gerufen habe. Eine Panik brach aus, als in der ersten Pause ein Schupobeamter am Schulhof vorüberging. Hermann versteckte sich hinter eine Tonne, Hugo stürmte ins Klassenzimmer zurück, andere Missetäter verbargen sich, so gut es ging, und Jürgen, der am ängstlichsten war, schloß sich sogar in die Toilette ein. Erst nach Verlauf von fast einer Stunde wurde er dort entdeckt und herausgeholt. So unaufmerksam wie heute war Hermann Wendelin noch niemals gewesen. Alle seine Gedanken weilten bei der Mutter, die jetzt vielleicht schon eingesperrt saß.

Bärbel hatte schweren Herzens den Weg zur Polizei angetreten. Es war ihr klar, daß die Streiche der Knaben diese Anzeige zur Folge hatten.

Ihre Vermutungen bestätigten sich. Ein Aktenstück lag vor dem Wachtmeister auf dem Tisch. Das Verhör begann. Nicht nur Photograph

Rotmühl, auch Herr Hampel hatten Anzeige erstattet. Beide Herren fühlten sich durch das Vorgehen des Ateliers Goldköpfchen empfindlich geschädigt.

„Es ist nicht nur das“, fuhr der Wachtmeister fort, „die beiden Herren wollen Anzeige wegen unlauteren Wettbewerbes erstatten. Sie sind sich einig, daß man Sie bei der Innung anzeigen muß, denn solch ein Vorgehen ist weder korrekt noch statthaft. Ihnen müßte bekannt sein, daß derartige Äußerungen, wie sie von Ihnen getan wurden, strafbar sind.“

„Was für Äußerungen?“

„Das wird vor Gericht näher beleuchtet werden, das geht uns hier nichts an. Für uns kommt nur der grobe Unfug in Betracht, den sich Ihre Kinder – vielleicht auf Ihr Anraten hin – geleistet haben.“

„Aber, Herr Wachtmeister, wie können Sie glauben, daß –“

„Die Anzeige liegt uns vor.“

Er verlas sie. Bärbel erfuhr von den verklebten Firmenschildern, von allerlei anderen übermütigen Streichen und wurde immer verzagter.

„Wollen Sie sich nun dazu äußern?“

„Ich habe leider zu spät von diesen Dingen erfahren, Herr Wachtmeister. Erst gestern konnte ich mit meinen Kindern darüber sprechen. Ich habe ihnen Vorhaltungen gemacht. Glauben Sie mir, alles das, was meine Knaben taten, ist aus Liebe zu ihrer Mutter geschehen. Sie wissen noch nichts von unlauterem Wettbewerb. Sie wollten mir helfen und haben einen falschen Weg eingeschlagen. Ich bedaure aufrichtig, daß es so weit kam. Derartiges wird in Zukunft nicht wieder geschehen.“

„Das alles sind leichte Entschuldigungen, die die Sache nicht aus der Welt schaffen.“

„Hätte ich früher eine Ahnung davon gehabt, ich hätte es nicht erlaubt. Ich gönne den beiden Herren jedes Geschäft. Ich bin ja erst eine Anfängerin, es fällt mir gar nicht ein, die Leistungen der Konkurrenz herabzusetzen.“

„Sie werden für das Verhalten Ihrer Kinder verantwortlich gemacht werden, Frau Wendelin."

„Ich werde an die beiden Herren schreiben und mich entschuldigen."

„Grober Unfug ist festgestellt worden."

Verängstigt blickte Bärbel den Beamten an, der so barsch mit ihr sprach.

„Was soll ich tun?"

„Sie werden in Strafe genommen. Sie sagten, Ihr Sohn hat das alles aus eigenem heraus unternommen?"

„Ich nehme an, daß er sich mit seinen Schulfreunden beraten hat. Es war doch ganz gewiß keine böse Absicht. Alles ist kindliche Unüberlegtheit, Herr Wachtmeister."

„Deswegen kann Ihnen die Strafe aber nicht erlassen werden, Frau Wendelin. Die Polizei kann derartiges nicht durchgehen lassen. Anzeigen liegen bei uns vor. Ich habe Ihre Aussagen zu Protokoll genommen, alles weitere wird sich finden."

„Ich gebe Ihnen nochmals die Versicherung, Herr Wachtmeister, daß ich in Frieden mit der Konkurrenz leben will."

„Wir werden Sie heute nachmittag nochmals herbitten, und zwar in Begleitung Ihres ältesten Sohnes."

Bärbel erschrak. Sie hatte gestern bereits erkannt, welch große Furcht ihr Sohn Hermann vor der Polizei hatte.

„Hermann hat mir wahrheitsgetreu alles erzählt. Er würde hier nichts anderes aussagen können."

„Einerlei! Sagen wir also um fünf Uhr."

Ergeben senkte die junge Mutter den Kopf. Wenn sie Hermann auch gern diesen Weg erspart hätte, bekam er durch den Besuch auf dem Polizeibüro vielleicht doch einen Denkzettel fürs Leben. Da Bärbel auch anwesend war, wußte er, daß er Schutz bei der Mutter hatte. Aber ängstigen würde sich der kleine Kerl doch.

Gedrückt kehrte sie nach Hause zurück. Sie wollte sogleich die beiden Briefe an Hampel und Rotmühl schreiben, den Herren alles klarstellen und um Entschuldigung für die Missetäter bitten. Welch ein Glück, daß sie weiteres Unglück verhüten konnte. – Ob Hampel und Rotmühl schon eine Anzeige wegen unlauteren Wettbewerbes erlassen hatten? Ob man sie schon bei der Innung angezeigt hatte? Niemand war da, der ihr helfen konnte. Wie sollte sie sich weiter verhalten? Würde man ihr vielleicht das Weiterführen des Ateliers verbieten?

Da kam ihr ein rettender Gedanke. Ihr einstiger Chef, Herr Brausewetter, gehörte damals zu den Vorstandsmitgliedern der Innung. Ihm wollte sie ihr Herz ausschütten. Er hatte ihr in so freundlicher Weise Glück gewünscht, sie hatte ihn auch in der Zeit ihrer glücklichen Ehe hin und wieder in Dresden besucht und die Kinder photographieren lassen. Ein Gefühl der Dankbarkeit war in ihr zurückgeblieben. Aus diesem Grunde war manches glückliche Familienbild im Atelier Brausewetter entstanden.

Sie wollte ihn bitten, ihr beizustehen. Sie würde ihm schreiben, ihn fragen, an welchem Abend er zu sprechen sei. Vielleicht ließen sich durch ihn schlimme Folgen beseitigen.

Aus der Schule zurück, stürmten Hermann und Jürgen zuerst nach der Küche, um festzustellen, ob die Mutti daheim sei. Sie preßten sie an sich.

„Ein wahres Glück, daß sie dich nicht dabehalten haben", sagte Jürgen, „ich hab entsetzliche Angst gehabt. Doch ich hätte dich befreit, Mutti."

„War's schlimm?" fragte Hermann. „Hat dir der Schupo was getan?"

Bärbel bemühte sich, auch jetzt wieder den Kindern verständlich zu machen, daß ihre törichten Streiche die unangenehmsten Folgen gehabt hätten. Noch sagte sie Hermann nichts, daß er heute nachmittag mit ihr zur Polizei kommen müsse. Sie ließ ihn zuerst mit größtem Appetit das Mittagessen einnehmen, die Schulaufgaben machen, um ihm dann endlich mitzuteilen, daß man gemeinsam zur Polizei gehen müsse.

„Ich? –" flüsterte Hermann erstarrend.

„Ja, du, mein Junge. Der Herr Wachtmeister will von dir allerlei hören."

„Mutti, dann müssen doch Ernst, Hugo, Herbert, Fritz und Max auch mitkommen. – Mutti, ich will sie alle schnell holen."

„Wir beide gehen zusammen, mein Junge, und ich hoffe, daß du streng bei der Wahrheit bleibst und alles genau so sagst, wie es sich zugetragen hat."

„Au weh", meinte Jürgen, „der wird dich aber keilen. – Ich möchte heute nicht deinen Hosenboden haben."

„Mutti, haut er mich wirklich?"

„Nein, Hermann, doch er wird sehr ernste Worte mit dir reden. Ein fast zwölfjähriger Knabe darf solche törichten Streiche nicht mehr machen."

Es war für Hermann ein sehr schwerer Gang. Er blieb ganz dicht an der Seite seiner Mutter, seine Schritte wurden immer zaghafter, je näher man dem Revierbüro kam.

„Laß mich zuerst noch mal tief Atem holen. Ein bißchen kann er noch auf uns warten."

Dann standen beide vor dem Wachtmeister. Unter seinen buschigen Brauen blickte der Beamte den Knaben durchdringend an. Hermann drückte sich verängstigt an die Mutter. Wohl fühlte er deren liebkosende Hand, doch sein Herz schlug wie ein Hammer.

„Du bist also der Hermann Wendelin?"

„Ja, geehrter Herr Wachtmeister."

„Sie sollen hinein zum Herrn Polizeileutnant kommen."

Der Wachtmeister stand auf, nahm das Aktenstück unter den Arm und schritt voran ins Nebenzimmer. Bärbel atmete auf. Polizeileutnant Winkler war ihr bekannt. Man war einmal auf einer Gesellschaft zusammen gewesen. Ihm konnte sie die Handlungsweise der Kinder ganz anders schildern als dem sachlichen Beamten, der nur die strafbare Handlung, doch nicht das gute Herz der Kleinen sah.

Der Beamte begrüßte Frau Wendelin freundlich. Nach einigen einleitenden Worten fragte er nach dem Atelier Goldköpfchen.

„Sie haben Ihr Atelier unter diesem Namen nicht angemeldet, gnädige Frau."

„Aber, Herr Polizeileutnant, ich würde diesen Namen niemals gewählt haben."

„Das konnte ich mir auch nicht denken. Solch ein eigentümlicher Name für ein photographisches Atelier läßt schiefe Deutungen zu."

Zunächst wurde Hermann nicht verhört. Immer mehr zog er sich in den Hintergrund zurück. Er suchte mit den Augen den Ausgang. Sollte er vor dem Verhör hinauslaufen? Doch nebenan saß der böse Wachtmeister mit den durchdringenden Augen. An ihm würde er niemals unbemerkt vorbeikommen.

Doch nun stand der Polizeileutnant auf, öffnete die Tür zu einem anderen Zimmer, rief etwas hinein. Die Tür blieb offen. Und während der Polizeileutnant mit der Mutti weitersprach, hielt es Hermann für ratsam, nach dem anderen Zimmer zu entweichen. Vielleicht gelangte er von dort aus ins Freie.

„Nun wollen wir Ihren Sohn hören."

„Hermann!" Bärbel sah sich um. Der Knabe war nicht mehr da.

„Nanu – der kleine Angsthase ist wohl davongelaufen?"

„Hermann!"

Der Polizeileutnant begab sich ins Nebenzimmer und fragte den Wachtmeister, ob der Knabe hinausgegangen sei. Der Beamte verneinte.

„Dann kann er nur hier hineingegangen sein."

Man betrat das kleine Nebenzimmer. Auch hier war nichts von Hermann zu sehen. Der Schreiber erklärte, daß er nicht gemerkt habe, daß jemand das Zimmer betreten habe. Außerdem habe das Zimmer keinen anderen Ausgang, es sei also undenkbar, daß der Knabe entwichen sei.

„Vielleicht liegt er unter dem Sofa", lachte Herr Winkler. „Will mal ein wenig Umschau halten."

Aber von Hermann war auch hier nichts zu sehen. Der Polizeileutnant nahm den Vorhang zur Seite, auch Bärbel beteiligte sich beim Suchen. Doch Hermann war wie von der Erde verschwunden.

Schon wieder wurde die Mutter unruhig. Wenn der Knabe nicht durch das Nebenzimmer gegangen war, konnte er nicht entwichen sein. Da der Wachtmeister unmittelbar neben der Tür saß, war es unmöglich, daß Hermann ungesehen ins Freie gelangt war.

„Nun, gnädige Frau, er wird sich wieder einstellen. Er findet den Weg allein zu Ihnen. Doch lassen Sie mich später wissen, wie er entwischt ist."

„Hermann hatte furchtbare Angst."

„Das schadet nichts. Einen Denkzettel muß er haben, das ist gut und nützlich für die Zukunft. Doch nun will ich zusehen, was sich tun läßt. Aber um eine kleine Geldstrafe werden Sie nicht herumkommen. Mit Herrn Hampel werde ich persönlich sprechen, ich kenne ihn ziemlich genau."

Dankbar reichte Bärbel dem Polizeileutnant die Hand. Nochmals sah sie sich suchend im Zimmer um, rief Hermanns Namen; doch kein Laut war vernehmbar.

Ein Knabenherz pochte stürmisch. Es war Hermann gelungen, sich unbemerkt aus dem Zimmer des Polizeileutnants zu entfernen. In dem kleinen Nebenraum, dessen Tür vorhin geöffnet worden war, saß ein einzelner Mann, den Kopf tief gebeugt über einen Bogen Papier. Regungslos blieb Hermann stehen. Er war sehr enttäuscht, denn das Zimmer hatte keinen zweiten Ausgang. Die Fenster waren wegen der strengen Kälte fest geschlossen. Wo konnte er sich verbergen, um dem furchtbaren Verhör, vielleicht auch der Prügelstrafe zu entgehen?

Da zuckte es in seinem Gesicht freudig auf. Dort drüben, an der Wand, hing ein Mantel. Unter dem Mantel standen zwei pelzgefütterte Stiefel. Vielleicht zog sie der Beamte über, wenn er des Nachts hinaus mußte.

Die Feder des Schreibers glitt unablässig über das Papier. Auf Zehenspitzen schlich Hermann an den Mantel heran, stieg behutsam in den einen Stiefel, dann in den zweiten, lehnte sich gegen die Wand und ließ den schweren Mantel über sich fallen. Von hier aus hörte er das Rufen der Mutter. Herr Winkler ging dicht an ihm vorbei und sah ihn nicht.

Unbeweglich stand der Knabe. Die Mutti rief zum zweiten, zum dritten Male. Er wagte sich nicht aus seinem Versteck heraus. – Doch was nun? Die Mutti verabschiedete sich, sie wollte heimgehen.

Er hörte deutlich, wie die Tür zum Zimmer des Wachtmeisters geöffnet wurde, er vernahm auch, wie der Leutnant seine Mutti durch das Zimmer begleitete. Nun gab es kein Halten mehr. Im Augenblick vergaß er, daß seine Füße in den hohen Stiefeln steckten. Polternd, stolpernd durcheilte der verängstigte Knabe die beiden Zimmer und fiel gerade vor der Mutti nieder. Dabei flog der eine Stiefel von seinem Bein.

„Hermann!"

Leutnant Winkler brach in lautes Lachen aus. Dann griff er nach dem Missetäter.

„Da hätten wir dich ja!"

„Mutti!" schrie Hermann auf, „die Polizei hat mich erwischt!"

„Nun komm noch einmal zurück."

„Mutti – Mutti – –"

„Zieh zuerst den zweiten Stiefel aus, Hermann."

„Mutti, ach, Mutti – –"

Mutter und Sohn kehrten nochmals ins Zimmer des Polizeileutnants zurück. Hermann war weiß wie die Wand.

Wohl tat es Herrn Winkler leid, als er die Angst des Knaben sah; trotzdem hielt er es für angebracht, dem Knaben die Folgen seiner unüberlegten Handlung klarzumachen.

„Deinetwegen muß nun die gute Mutti bestraft werden, Hermann. Das hast du doch gewiß nicht gewollt. Die anderen Leute sind jetzt sehr böse auf sie und werden ihr viel Ärger bereiten, und daran bist du schuld."

Hermann war so verstört, daß er kein Wort hervorbrachte. Ihm war das eine klargeworden, daß er seiner lieben Mutti durch sein Verhalten viel Kummer und Sorgen bereitet hatte. Wie gern hätte er jetzt eine gehörige Tracht Prügel entgegengenommen, wenn dadurch alles wieder in Ordnung gekommen wäre. Doch daß nun seine geliebte Mutti durch ihn noch neue Sorgen, neuen Kummer haben werde, schnitt ihm tief ins Herz.

Dann war die Strafpredigt beendet, Mutter und Sohn waren entlassen. Auf dem Heimwege war Hermann noch immer mäuschenstill. Bärbel sagte ihm liebe, freundliche Worte; doch der Knabe war zu verstört.

Erst daheim, als Frau Leuschner neben ihm saß, begann er plötzlich bitterlich zu weinen.

„Ich wollte doch wie der Vati sein, der hat immer für die Mutti gearbeitet. – Nun werden sie die Mutti bestrafen, nur weil ich ungezogen war."

„So wirst du in Zukunft doppelt artig sein, kleiner Hermann, damit machst du der Mutti große Freude."

„Aber sie werden sie bestrafen."

Es kostete große Mühe, den erregten Knaben zu beruhigen. – –

Bärbel hatte an den Folgen dieses unüberlegten Handelns der Knaben schon am nächsten Tage schwer zu leiden. Frau Lohmann stellte sich ein und wollte die beiden Bilder sehen. Sie war haßerfüllter denn je, weil ihr der Bruder inzwischen von den Knallerbsen erzählt hatte.

„Immer Neues ersinnt sie, immer wieder hält sie ihre Kinder zu Gemeinheiten an. Ich habe es satt. Sie wird angezeigt. Die Innung muß sich dahinterklemmen, man muß ihr das Atelier schließen."

Nun hielt Frau Lohmann die Bilder in den Händen. Zunächst zeigte ihr Goldköpfchen die Aufnahme der Tochter. Frau Lohmann preßte die

Lippen fest zusammen, denn ein Ruf der Bewunderung, der hellsten Freude wollte darüber kommen, als sie ihr Mauselchen so liebreizend vor sich sah. Noch niemals hatte sie solch ein entzückendes Bild von Nina erhalten; doch gerade das erregte ihren Groll doppelt. Was der Bruder in seiner jahrelangen Tätigkeit nicht fertigbrachte, vermochte dieser Neuling. Dabei hatte sie sich darauf gefreut, ihren Bekannten ein schlechtes Bild von Mauselchen zeigen zu können.

„Ein wenig gesucht", stieß sie grimmig heraus. „Der Hund ist auf dem Bilde die Hauptsache. Ich glaube, das ist nicht das Richtige, Frau Wendelin – ach nein, Frau Goldköpfchen."

„Die Aufnahmen von Ihnen, gnädige Frau, sind leider nicht gelungen."

„Das wäre ja noch besser. Fast eine Stunde haben Sie damit verbracht. Eine von drei wird doch geglückt sein?"

„Leider nein, gnädige Frau."

„Das ist mir noch nicht passiert!"

„Ich glaube, Sie haben nicht ruhig gesessen, gnädige Frau."

„Eine sehr bequeme Ausrede! Drei Aufnahmen – einfach lächerlich. Zeigen Sie mir die Bilder!"

„Ich habe nur einen Abzug von jeder Platte gemacht. Vielleicht versuchen wir es noch einmal."

„Das sollen Bilder aus einem Atelier sein, das ankündet, erstklassige Arbeiten zu liefern? Nur im Atelier Goldköpfchen bekommt man einwandfreie Photographien, die anderen fertigen Kitsch an. Verehrte Frau Goldköpfchen, da gehe ich doch lieber ins Atelier Hampel, dort glückt gleich die erste Aufnahme. Wer Kitsch macht, das dürfte nun zur Genüge erwiesen sein. Ich verzichte auf eine weitere Aufnahme. Selbstverständlich bezahle ich die Bilder nicht. Dreimal gesessen, fast eine Stunde vertrödelt, und dann solch ein klägliches Ergebnis."

„Ich wiederhole nochmals, gnädige Frau, daß in diesem Falle die Schuld nicht an mir liegt."

„Also an mir? – Schau schau! Ich habe mich in meinem Leben mehr als zwanzigmal aufnehmen lassen und immer gute Bilder erhalten. Aber natürlich, im Atelier Goldköpfchen ist das eben ganz anders. Geben Sie mir die Aufnahmen."

„Nein, gnädige Frau."

„Ich wünsche diese Aufnahmen."

„Sie sehen doch selbst, gnädige Frau, daß die Bilder nichts wert sind. Außerdem sind sie nicht retuschiert."

„Daß sie nichts wert sind, sehe ich allein, trotzdem will ich sie haben. Sie müßten wissen, daß ich das Recht an diesen Bilder habe. Ich kann sogar die Platten verlangen, wenn ich sie bezahle, und ich will diese Bilder haben."

In Goldköpfchen stieg ein schlimmer Verdacht auf. Wenn sie diese mißlungenen Aufnahmen aus der Hand gab, wenn man die Aufnahmen herumzeigte, war das keine Empfehlung für ihre Arbeit. Daß Frau Lohmann so energisch darauf bestand, diese Bilder zu haben, ließ darauf schließen, daß sie Goldköpfchen schaden wollte. Vielleicht war diese Frau von einem der anderen Photographen zu ihr geschickt worden und hatte ganz absichtlich gewackelt.

„Kein Photograph wird mißlungene Bilder aus der Hand geben."

„Ich bestehe auf meinen Bildern. Ich will nicht, daß mit meinen Bildern Unfug getrieben wird. Unfug wird in Ihrem Atelier genug gemacht. Es ist keine Empfehlung für mich, im Atelier Goldköpfchen photographiert worden zu sein. Ich habe das erst später erfahren."

„Ich werde vor Ihren Augen die Platten vernichten", erwiderte Goldköpfchen bebend vor Erregung.

Doch schon hatte Frau Lohmann die drei Abzüge in ihre Handtasche gesteckt.

„Hier sind drei Mark, ich glaube, das ist reichlich bezahlt für solch eine Arbeit. – Hahaha, Kitsch bei Hampel. Ich weiß, wo Kitsch gemacht wird.

– Sonderbar, daß es überhaupt gestattet wurde, das Atelier Goldköpfchen zu eröffnen."

„Bitte, nehmen Sie das Geld wieder an sich."

„Nur nicht so großartig, wer schon den Bäcker um Brot bitten muß, sollte froh sein, wenn er für eine mißglückte Aufnahme drei Mark bekommt. Das sind sechs Brote, Frau Goldköpfchen."

„Sind Sie gekommen, nur um mich zu beleidigen, gnädige Frau?" Die schlanke Gestalt der jungen Witwe richtete sich hoch auf. „Ich versuche, mir meinen Lebensunterhalt zu verdienen, doch Kränkungen weise ich zurück."

„Leben Sie wohl, Frau Goldköpfchen, mich sehen Sie nicht wieder. Aber hüten Sie sich vor weiteren Verleumdungen. Es dürfte Ihnen teuer zu stehen kommen."

Mit diesen Worten war Frau Lohmann gegangen.

Goldköpfchen ließ sich auf einen Stuhl nieder und stützte den Kopf schwer in die Hand.

„Nur nicht verzagen", murmelte sie, „immer recht tapfer sein. Aller Anfang ist schwer! Ich denke, daß ich mich durchsetzen werde. Nur muß ich Hampel und Rotmühl wieder versöhnen. Ich sehe, sie können mir viel schaden."

Dann erhob sie sich müde und schaute mit umflorten Augen hinüber zum Hügel des verstorbenen Gatten.

„Du hast es gewollt, daß ich tapfer sein soll. Ach, Harald, du hast auch kämpfen müssen, auch dir ist es nicht leicht geworden. – Häschen, mein Häschen, stehe mir bei!"

5. Kapitel
Treue Freunde aus der Lehrzeit

Mit schwerem Herzen steckte Goldköpfchen einen Brief in die Handtasche. Sie war auf dem Wege zu Herrn Brausewetter, der ihr in freundlichster Weise mitgeteilt hatte, daß er sie heute abend in Dresden erwarte. Der Brief in der Handtasche bekümmerte die junge Witwe sehr. Es war die Antwort Hampels auf ihr Entschuldigungsschreiben.

> „An Atelier Goldköpfchen. Vor Gericht
> werde ich Ihnen die erforderlichen
> Antworten geben. Georg Hampel,
> photographisches Atelier."

Weiter hatte er nichts geschrieben. Goldköpfchen hatte gehofft, daß er mit einigen freundlichen Zeilen antworten werde. Sie hatte die Vorgänge wahrheitsgetreu geschildert und erklärt, daß in Zukunft etwas derartiges nicht wieder vorkommen werde.

Vom Atelier Rotmühl war noch keine Antwort eingetroffen. Doch noch ein Drittes drückte auf Bärbels Gemüt. Man hatte sie bisher im Hause freundlich gegrüßt. Das war seit einigen Tagen anders geworden. Die Mieter des ersten Stockwerkes, ein Postsekretär mit Familie, machten sogar abfällige Bemerkungen über Frau Wendelin, und heute mittag hatte Bärbel deutlich vernommen, wie die Gattin des Beamten auf der Treppe sagte:

„Vielleicht wäre es das beste, wir zögen aus. Man mag doch nicht mit allem und jedem in einem Hause wohnen."

Hatten sich die Streiche der Knaben bereits derartig herumgesprochen, daß man in ihr tatsächlich eine Frau sah, die anderen das Leben schwer zu machen versuchte, die mit unerlaubten Mitteln die Konkurrenz bekämpfte? Bärbel nahm sich fest vor, in Zukunft doppelt freundlich zu den Kunden, zu den Hausbewohnern und Nachbarn zu sein, um ihren guten Ruf wieder herzustellen. Den ganzen Tag über hatte sie vergeblich auf Arbeit gewartet. Niemand war gekommen. Sie machte sich die trübsten Gedanken. Freilich, in der Geldfrage konnte sie es eine ganze Weile aushalten. Die Eltern würden ihr immer wieder helfen, aber ein wenig Ehrgeiz war ihrerseits auch dabei. Warum sollte es nicht möglich sein, daß sie sich langsam eine Existenz aufbaute und die Kinder aus eigenen Mitteln erziehen lassen konnte? Sie war in beruflichen Dingen noch reichlich unerfahren, wußte auch nicht viel von Konkurrenzkampf und Konkurrenzneid. Das eine war ihr allerdings bereits klargeworden, daß sie bei den Heidenauer Kollegen verspielt hatte.

Mit schwerem Herzen traf sie bei Herrn Brausewetter ein. Der alte Herr empfing seinen einstigen Lehrling freundlich und mit herzlichen Worten.

„Wenn Sie nicht geschrieben hätten, Frau Wendelin, hätte ich es getan. Ich habe gestern in einer Sitzung von Ihrem Mißgeschick gehört."

„In einer Sitzung? – So weit ist es schon? Ach, Herr Brausewetter, ich weiß mir keinen Rat –."

„Kommen Sie zuerst herein ins Wohnzimmer, und trinken Sie eine Tasse Tee mit uns, dabei wollen wir die Angelegenheit durchsprechen."

„Ich bin so verzweifelt, Herr Brausewetter, denn ich glaube, es ist alles noch viel schlimmer, als ich dachte. Ich habe das Gefühl, als hätte ich plötzlich die ganze Welt zum Feinde."

„Nur nicht so ängstlich; so schlimm ist es noch lange nicht. Sie haben auch noch manchen guten Freund. Gerade heute vor vierzehn Tagen habe ich mich mit einem Ihrer alten Bekannten lange über Frau Bärbel Wendelin unterhalten."

„Wer könnte das wohl sein?"

„Ein berühmter alter Herr, der noch heute mit Vergnügen daran denkt, daß ihm vor einer Reihe von Jahren eine herzerfrischende Plauderstunde durch Sie zuteil wurde. – Erinnern Sie sich nicht mehr an Herrn Geheimrat Rose?"

„Natürlich erinnere ich mich an ihn. Wie sollte ich das jemals vergessen? Wissen Sie es nicht auch noch, Herr Brausewetter, wie ich die photographische Platte zerschlug und angsterfüllt zu ihm ins Hotel ging?

Jedesmal, wenn der Geheimrat in den Zeitungen erwähnt wurde, wenn ich sein Bild sah, haben wir über ihn gesprochen, und jedesmal habe ich mich dabei an mein einstiges Mißgeschick erinnert."

„Der alte Herr hat Sie auch nicht vergessen. Ich glaube, er würde sich herzlich freuen, wenn Sie ihm zu seinem fünfundsiebzigsten Geburtstage gratulieren wollten. Er wohnt seit einigen Jahren in Loschwitz."

„Wenn Sie meinen, daß er sich meiner noch erinnert, werde ich ihm sehr gern einen Glückwunsch senden."

„Natürlich erinnert er sich Ihrer. Vergessen Sie also nicht, am achtzehnten Dezember ist der große Tag. Sie werden es noch in den Zeitungen lesen."

„Er war einstmals sehr gut zu mir."

„Jawohl, Sie haben gemeinsam eine Hummermayonnaise gegessen."

Ein wehmütiges Lächeln glitt über Bärbels Gesicht. „Damals lebte die gute Großmutter noch und – und", ihre Stimme schwankte schon wieder, „und mein Harald."

„Nur hübsch den Kopf oben behalten, Frau Wendelin, ein jeder muß sich durchkämpfen. Jeder hat sein Leid zu tragen. Auch den Kampf ums Dasein werden Sie noch kennenlernen."

„Deswegen kam ich heute zu Ihnen, Herr Brausewetter. Ich weiß mir wirklich keinen Rat mehr. Sie sagten mir einstmals während meiner Lehrzeit, ich sollte Vertrauen zu Ihnen haben. – Nun bin ich gekommen. Helfen Sie mir!"

„Ich sehe schon, daß Sie zunächst nach einem gemütlichen Plauderstündchen mit meiner Familie kein Verlangen haben. So wollen wir zuerst die unangenehme berufliche Angelegenheit klären. Ich sage meiner Frau schnell Bescheid, inzwischen machen Sie es sich bequem, und dann, wenn wir einen Ausweg gefunden haben, plaudern wir drüben gemeinsam noch ein Stündchen."

Bärbel suchte aus ihrer Handtasche das Schreiben, das sie von Herrn Hampel erhalten hatte, und legte es schweigend vor den zurückkehrenden Brausewetter hin.

„Man muß zuerst beide Seiten gehört haben, liebe Frau Wendelin. Ich habe die verschiedensten Darstellungen von dem Vorfall durch die Heidenauer Herren erhalten. Sie haben sich über Sie bei der Innung beklagt. Gestern war Sitzung, das Material gegen Sie lag uns vor.“

„So weit ist es also schon gekommen?“ sagte Bärbel gedrückt.

„Meine liebe Frau Wendelin, die Innung ist doch dazu da, Streitfälle zu schlichten; derartiges ist nichts Seltenes. Schon gestern, ehe ich Sie hörte, habe ich erklärt, daß ich nicht recht glauben kann, daß Sie in solch einer Weise gegen die Heidenauer Herren vorgegangen seien. Doch nun erzählen Sie einmal zusammenhängend, wie sich alles zutrug. Ich habe Sie in den drei Jahren Ihrer Lehrzeit in meinem Betrieb als eine aufrichtige und wahrheitsliebende Dame kennengelernt, der ich auch heute noch jedes Wort glaube.“

„Wie könnten Sie auch einen Streit schlichten, Herr Brausewetter, wenn ich Ihnen etwas Falsches sagen würde, das später, bei gerichtlichen Verhandlungen, widerlegt werden könnte. Meine Schuld besteht in der Hauptsache darin, daß ich auf die Kinder zu wenig acht gab.“

Ohne Bärbel zu unterbrechen, hörte Herr Brausewetter den Bericht an. Anfangs war sein Gesicht recht ernst; als er aber von den Streichen der Knaben erfuhr, ging des öfteren ein Schmunzeln über sein Gesicht. Auch in seinem Atelier war manches Komische vorgekommen; sogar in der Zeit, da Bärbel bei ihm lernte, waren die verschiedensten Streiche ausgeheckt worden. Bedauerlich war freilich bei der Sache, daß die beiden Heidenauer Photographen der festen Überzeugung waren, daß Bärbel ihre Kinder zu diesen Streichen angeleitet hätte.

„Man kennt Sie dort nicht genügend“, sagte Herr Brausewetter. „Wären Sie den beiden Herren bekannt, keiner würde es wagen, Ihnen derartiges nachzusagen. Aber nun ist man natürlich sehr erbittert und möchte Ihnen am liebsten den Laden schließen.“

„Herr Brausewetter, wenn man das täte!"

„O nein, so schnell reitet auch die Innung nicht! Eines Mannes Rede ist keine Rede, man muß sie hören alle beede! So heißt ein Sprichwort. Also blicken Sie nicht gar so verzagt ins Leben. So, wie Sie mir die Sache geschildert haben, liegt für die Innung kein Grund vor, gegen Sie etwas zu unternehmen. Die Jungens haben Ihnen allerdings recht geschadet, liebe Frau Wendelin. Vor allem der Name! – Lieber Himmel, was stellt sich manch einer unter „Atelier Goldköpfchen" vor. Eine Anreizbude! Gerade unsere weiblichen Photographen müssen sehr vorsichtig und peinlichst auf ihren guten Ruf bedacht sein."

„Ich glaube, man bringt mir in ganz Heidenau Mißtrauen entgegen, Herr Brausewetter."

„Herrn Rotmühl kenne ich nur flüchtig, Herrn Hampel gar nicht. Mit Rotmühl könnte ich sprechen, Frau Wendelin."

„Auf die Polizei mußte ich schon kommen." Bärbel begann plötzlich zu weinen. „Im Hause blickt man mich schief an, ich werde keine Kundschaft haben. – Ich glaube, es ist alles aus!"

Der weißhaarige Herr Brausewetter nahm das tränenüberströmte Gesicht der jungen Witwe in beide Hände.

„Wie vor fünfzehn Jahren", sagte er lächelnd. „Da hat mein kleiner Lehrling auch so bitterlich geweint, und ich mußte ihn trösten. Trocknen Sie sich die Augen, Frau Bärbel Wendelin, so darf ich Sie doch einmal nennen."

„Ja, ja", schluchzte sie auf.

„Der Existenzkampf ist nicht leicht, liebe, kleine Frau, und gerade die alleinstehende Frau hat mitunter schwer zu leiden. Aber Sie sind doch immer ein energisches Persönchen gewesen. Lieber Himmel, wenn ich noch daran denke, wie Sie einstmals meinen großen Apparat umwarfen, wie Sie sich gegen den Herrn von Sasseneck wehrten."

„Der war auch schon bei mir."

„Aha! – Nun sehe ich die Zusammenhänge schon deutlicher. Sind Sie im Guten oder Bösen geschieden?“

„Er wurde dreist zu mir, da habe ich ihm das Wiederkommen verboten.“

„Vor Herrn von Sasseneck möchte ich Sie warnen, Frau Wendelin. Er hat schon manche üble Klatscherei angezettelt. Er ist ein wertloser Mensch, der sich zur Zeit als Reisender sein Brot verdient und schon manchem Kollegen Übles nachsagte. Trösten Sie sich nun, die Angelegenheit wird wieder in Ordnung gebracht. Gehen Sie weiter gerade und aufrecht Ihren Weg durchs Leben, versuchen Sie, sich mit den beiden Herren in Heidenau wieder auf guten Fuß zu stellen. Vor allen Dingen sorgen Sie aber dafür, daß Ihre beiden Buben in Zukunft die Finger vom Reklamewesen lassen.“

„Es wird ganz bestimmt in Zukunft derartiges nicht wieder vorkommen.“

„Mit der Innung nehme ich die Sache in die Hand, Frau Wendelin. Ich habe da ein gewichtiges Wort mitzureden. Ich kenne Sie genau, und was in meinen Kräften steht, Ihnen eine Existenz aufzubauen, soll geschehen.“

„Herr Hampel will vors Gericht gehen.“

„Zuerst kommt die Innung, dann das Gericht. Soweit lasse ich es aber nicht erst kommen. Und in Heidenau wird Ihr Ruf nicht schlecht werden. Man kennt Sie. Sie leben seit zwölf Jahren dort. – Nein, Frau Bärbel, wenn sich auch einige Menschen anfangs den Mund über Sie verbrennen, gehen Sie unbeirrt Ihres Weges, und warten Sie in Ruhe ab. Es wird dann auch Ihnen ein reifer Apfel in den Schoß fallen.“„

„Sie sind so gut zu mir, Herr Brausewetter.“

„Waren Sie nicht einer meiner besten Lehrlinge? Habe ich Sie nicht in all der Zeit, da Sie bei mir arbeiteten, als wertvollen Menschen kennen und schätzen gelernt? Hinter mir liegt schon ein langes Leben, Frau Bärbel, eine stattliche Anzahl Menschen hat meinen Weg gekreuzt, gute und schlechte, wertvolle und solche, für die es sich nicht lohnte, einen Finger zu krümmen. Für die Jugend, für die, die ins Berufsleben hinausgingen, habe ich bis heute das größte Interesse, und gerade diese Jugend habe ich mir immer neugierig angeschaut. Auch da gibt es Gutes und Schlechtes. Wenn man dann einmal das Glück hat, am Wege ein zartes Blümchen zu finden, das sich unter den Händen guter Freunde immer prachtvoller entfaltet, dann steckt man sich solch ein Blümchen ans Herz, Frau Bärbel, dann weiß man, hier wächst wieder einmal ein neuer Stamm heran, denn aus diesem Mädchen wird eine prächtige Frau, die prächtigen Kindern das Leben schenkt. Solch eine Familie behält man gern im Auge. – Sehen Sie, Frau Bärbel", Brausewetter legte den Arm um die Schulter der jungen Witwe, „und solch ein Blümchen waren Sie. Goldköpfchen nannte man Sie. Ich sah aber mehr Ihr goldenes Herz. Und das haben Sie bis auf den heutigen Tag behalten. Unbewußt haben Sie vielen Menschen Freude und glückliche Stunden bereitet. Auch mir, dem alten Berufsmanne. Und auch dem alten Geheimrat Rose. Ja, Frau Bärbel, das werden Sie selbst am allerwenigsten wissen. Man hat Sie lieb, man muß Sie lieb haben; und wenn da heute ein paar andere kommen und sagen, Sie seien neidisch, Sie seien sogar schlecht, so kann ich denen nur eines antworten: lernt sie doch erst kennen, sprecht mit ihr, geht hin zu ihr, und ihr werdet gar bald anderer Meinung sein."

Goldköpfchen hatte den Kopf tief gesenkt. Was Herr Brausewetter sagte, beschämte sie ein wenig. Wie kam er dazu, sie derart zu loben? Sie hatte ihm so manchen Schaden während der Lehrzeit zugefügt, doch er meinte, daß sie Freude in sein Leben getragen habe.

Die Lider sanken ihr langsam über die Augen. Einen hatte sie glücklich gemacht, das wußte sie. In seiner Sterbestunde hatte es sein Mund gesprochen. Durch einen war auch sie unsagbar glücklich geworden. Doch der schlief nun in der kalten Erde den ewigen Schlaf.

„Ich werde meine kleine Freundin doch nicht in Angst und Jammer allein lassen. Denken Sie jetzt nicht an die dumme Geschichte, liebe Frau Wendelin, ich stelle die Sache ganz gewiß wieder glatt. Ich will auch versuchen, Sie in nähere Berührung mit den Heidenauer Herren zu bringen, damit in einer mündlichen Aussprache die letzten Schatten schwinden. Und nun kommen Sie mit mir hinüber, meine Frau freut sich herzlich auf ein Plauderstündchen mit Ihnen. Ich denke, ich komme noch vor dem Fest zu Ihnen hinaus und bringe Ihnen dann eine frohe Weihnachtsbotschaft mit. Ist es so recht?"

„Ich danke Ihnen, ich danke Ihnen von ganzem Herzen, Herr Brausewetter."

Bärbel fühlte sich sichtlich erleichtert. Sie kannte Herrn Brausewetter. Er versprach nichts, was er nicht halten konnte. Und wenn er die Angelegenheit nicht so schwarz ansah, gab es vielleicht doch eine Möglichkeit, die erbitterte Konkurrenz wieder zu versöhnen. Was in ihren Kräften stand, die Mißstimmung wieder zu befestigen, sollte geschehen.

Bärbel hatte sich zwar vorgenommen, am heutigen Abend noch zu Gabriele Langen zu gehen, doch dieser Besuch mußte unterbleiben. Brausewetters waren so herzlich zu ihr, daß sie sich nicht entschließen konnte, das gemütliche Zusammensein abzubrechen. Es tat ihr ja so wohl, einmal von fröhlichen Dingen zu hören, manche Erinnerung an die Lehrzeit auszutauschen und manches Mißgeschick Bärbels von Brausewetter nochmals herzlich belacht zu wissen. Man hütete sich aber, auf Bärbels Verlust zu sprechen zu kommen. Die Eheleute wußten, welch tiefes Leid sie um den Dahingegangenen trug.

Die junge Witwe blieb bis zum letzten Abendzuge in Dresden. Wegen der Kinder brauchte sie sich keine Sorge zu machen, die waren bei Frau Leuschner in den besten Händen. Dieser treuen Seele durfte sie skrupellos Haralds Liebespfänder anvertrauen.

Herr Brausewetter brachte seinen Besuch bis zum Bahnhof; noch ein herzlicher Händedruck, dann führte der Zug Bärbel Wendelin nach Heidenau zurück.

Die frohe Zuversicht, die Goldköpfchen von Dresden mitgenommen hatte, schwand rasch wieder. In den nächsten Tagen klingelte es nicht ein einziges Mal an der Ateliertür. Stunde auf Stunde wartete die junge Witwe. Niemand kam. Hin und wieder stellten sich Forstrat Schmeling und dessen Gattin ein, auch ihnen schüttete Bärbel ihr übervolles Herz aus. Beide sahen die Angelegenheit nicht so hoffnungslos an. Sie ahnten freilich nicht, daß in dem großen Beamtenkreise von Heidenau gegen die junge Photographin heftige Abneigung Platz gegriffen hatte. Frau Lohmann hatte die schlechten Bilder umhergezeigt und von dem unfreundlichen Wesen der Inhaberin, von deren Umständlichkeit und von den hohen Preisen gesprochen. Außerdem lief plötzlich in den Kreisen das Gerücht umher, daß Frau Wendelin auch moralisch nicht ganz einwandfrei sei. Ein Reisender aus Dresden hätte sie wiedererkannt. Er wisse aus Frau Wendelins Jungmädchenzeit viel Interessantes zu erzählen. Der beste Beweis, daß sie eine minderwertige Person wäre, seien ihre Kinder, die in flegelhaftester Weise ihre Mitmenschen belästigten und ihnen Schaden zufügten.

Alle diese Äußerungen fielen zu schnell auf fruchtbaren Boden. Einer erzählte es dem anderen, und wenn auch manchesmal für die Geschmähte ein gutes Wort eingelegt wurde, erstickte man es, indem man Neues, Häßliches, zu erzählen wußte und Bärbel in eine immer schiefere Lage rückte.

Goldköpfchen, die wohl ahnte, daß allerlei Gerüchte umliefen, erhielt an einem Nachmittag, als sie Besorgungen im Orte machte, die Bestätigung. Sie stand wartend in einem Geschäft und hörte von anderen, die sich die Auslagen besahen, ihren Namen fallen. Unwillkürlich lauschte sie hinüber. Das Herz pochte ihr stürmisch, als sie die abfälligen Äußerungen vernahm. Auch die beiden Damen wußten zu berichten, daß im Atelier Goldköpfchen kein anständiges Bild hergestellt werde, daß es nicht lohne, nach der Brückenstraße zu gehen. Beim Heimkehren bemerkte sie gleichfalls, daß zwei Damen hinter ihr hertuschelten. Die Blicke, die man zu ihr hinübersandte, waren nicht gerade freundlich zu nennen.

„Sie weiß genau", sagte die eine der Damen, „daß sie raffiniert interessant in der schwarzen Kleidung aussieht, und darum trägt sie diese. Natürlich, schwarz und ein goldenes Köpfchen muß den Männern gefallen."

„Der alte Forstrat Schmeling soll sie fast täglich besuchen. Einfach unerhört!“

Bärbel wollte sich entrüstet umwenden, schon wollte sie die beiden Lästerzungen zur Rede stellen, doch sie biß die Zähne fest aufeinander und schwieg. Wozu das! Daß man sogar den Besuch des Forstrates falsch auslegte, schmerzte sie.

In solchen Augenblicken kam es ihr doppelt schwer zum Bewußtsein, wie allein sie war, wie wehrlos! Keiner hielt mehr die schützende Hand über sie und ihre Frauenehre.

Näher und immer näher rückte das Weihnachtsfest. Es brachte Bärbel viele Stunden, die sie kaum zu ertragen glaubte. Wenn auch Hermann und Jürgen sehr oft davon sprachen, daß das diesmalige Fest nicht so schön sein werde wie die früheren, weil der Vati nicht mehr zugegen sei, kam doch in den Kindern immer wieder die Freude auf, wenn sie in den Straßen die zum Kauf aufgestellten Weihnachtsbäume oder die weihnachtlichen Schaufenster sahen. Bärbel ersehnte die Stunde, daß die Eltern eintreffen würden. Sie hatten geschrieben, daß sie erst am 23. Dezember kämen, dafür aber bis zum zweiten Januar bei ihr bleiben würden. So lagen die Einkäufe für die Kinder auf Bärbels Schultern, und gerade dieses Einkaufen schaffte ihr viel Qual. In allen den verflossenen Jahren war sie mit lachenden Augen gemeinsam mit ihrem Harald in die Geschäfte gegangen, um die Wünsche der Kinder zu erfüllen.

Frau Leuschner warf manchen sorgenvollen Blick auf die junge Witwe. Sie sah deren mühsam verhaltene Erregung und wußte genau, daß Bärbel alle Energie zusammenraffen mußte, um durchzuhalten. Sie hatte sich angeboten, die Besorgungen für das Weihnachtsfest zu übernehmen, weil sie herausfühlte, daß alle diese Vorbereitungen Frau Wendelin seelisch zusammenbrechen ließen.

„Arbeit möchte ich haben“, flüsterten die Lippen Bärbels, “Arbeit und Ablenkung. Wenn nur das Fest erst vorüber wäre! Ein Fest der Freude? Nicht für mich, o nein, nicht für mich.“

Trotzdem ging sie die schweren Wege. Die bescheidenen Wünsche der Kinder ließen sich erfüllen. Von den Großeltern war eine umfangreiche Weihnachtssendung angekündet worden.

Alltäglich wartete sie auf eine Nachricht von Brausewetter. Es schien nicht so glatt zu gehen, wie er es erwartet hatte. Vor kurzem war sie Herrn Hampel begegnet. Einen Augenblick schwankte sie, ob sie ihn anreden solle. Aber sie fühlte sich zu scheu, zu beklommen. Hampel maß sie von oben bis unten mit einem verächtlichen Blick, der ihr sagte, daß sein Groll noch nicht gemildert sei.

Den Geburtstag des Herrn Geheimrat Rose hatte Bärbel nicht vergessen. Interessiert las sie die Zeitungsberichte über den berühmten Mann, der durch seine Forschungen der medizinischen Welt viel Wertvolles geschenkt hatte. Ihre Augen wurden feucht, als sie erfuhr, daß Geheimrat Rose in den letzten Jahren schwere Schicksalsschläge erlitten hatte. Nicht nur seine Lebensgefährtin, auch sein Sohn, der in den Fußtapfen des Vaters wandelte, war ihm gestorben.

Ob er sich ihrer wirklich noch erinnerte? Durch sein Leben waren gewiß viele berühmte und angesehene Menschen gegangen. Bärbel war damals ein unscheinbarer Photographenlehrling gewesen, der in seiner Herzensangst den berühmten Mann aufgesucht hatte. Und dennoch, Brausewetter hatte es gesagt, man sprach noch von ihr.

„Wenn er es wirklich gut mit mir meint, könnte er sich doch einmal, nur ein einziges Mal bei mir photographieren lassen. Das würde mir gewiß viel nützen."

Noch während ihre Gedanken bei Herrn Geheimrat Rose weilten, kam von dort ein Schreiben. Es war zwar mit der Maschine ausgefertigt, trug aber die Unterschrift des Geheimrates. Er ließ anfragen, ob Frau Wendelin bereit wäre, am morgigen Tage nach Loschwitz hinaus zu kommen, um in seiner Wohnung einige Aufnahmen von den Geschenken und den reichen Blumenspenden zu seinem Geburtstage zu machen.

Bärbel glaubte zu träumen. Der Geheimrat schrieb an sie, obwohl es in Dresden und Loschwitz eine beträchtliche Anzahl Photographen gab, die diese Aufnahmen machen konnten. Er erinnerte sich also noch ihrer, er bedankte sich für den erhaltenen Glückwunsch und rief sie.

„Frau Leuschner", rief sie atemlos vor Erregung. „Ich muß morgen nach Loschwitz zu Herrn Geheimrat Rose. – Sie haben doch auch von ihm in den Zeitungen gelesen und sein Bild gesehen. Ach, Frau Leuschner, es ist schon richtig, mir ist ein goldener Apfel in den Schoß gefallen."

Zum ersten Male seit langer Zeit war Bärbel wieder ein wenig froher und frischer. Sie bereitete alles für die Reise vor, wählte einen geeigneten Apparat aus und machte sich am nächsten Tage auf den Weg. Sie brauchte nicht zu befürchten, daß sie daheim etwas versäumte. Es war noch immer kein Kunde gekommen. Das Atelier in der Brückenstraße schien vergessen zu sein.

Geheimrat Rose! Der Mann, mit dem sie einmal eine Stunde geplaudert hatte, von dem sie zum Frühstück eingeladen worden war. Unvergessen war jene Episode. Sie hatte sogar noch die zerbrochene Platte aufbewahrt, ein Andenken an ihre jugendliche Unachtsamkeit.

Die kleine, vornehme Villa in Loschwitz war bald gefunden. Bärbel wurde von einem Diener empfangen, der sie bat, die Sachen abzulegen. Noch war das nicht geschehen, da öffnete sich eine Tür, Bärbel sah in ein feines, altes Männergesicht, umrahmt von langen weißen Haaren – Geheimrat Rose.

Über das freundliche Gesicht des alten Herrn glitt ein leiser Schatten, als er die blasse, schwarzgekleidete Frauengestalt erblickte.

„Haben Sie Dank, daß Sie gekommen sind!"

„Herr Geheimrat, ich habe Ihnen zu danken."

Er hielt ihre Hand fest in der seinen und zog die junge Witwe ins Zimmer. Obwohl er viel älter geworden war, hatte ihn Bärbel sofort wiedererkannt. Das kluge Gesicht mit den gütigen Augen, seine weiche, wohllautende Stimme, hatten einen unauslöschlichen Eindruck auf sie gemacht.

„Man will alle die vielen Geschenke im Bilde festhalten, meine liebe Frau – –, nehmen Sie es mir nicht übel, aber in meiner Erinnerung sind Sie immer noch Bärbel Wagner. – Darf ich also auch heute noch Frau Bärbel zu Ihnen sagen?“

„Ich bitte darum, Herr Geheimrat.“

„Einige Zeitschriften wollen die Aufnahmen haben. Und da ich mich an meine kleine Freundin aus Dresden erinnerte, möchte ich ihr diesen Auftrag zukommen lassen. – Was meinen Sie, Frau Bärbel, wird es ohne zerbrochene Platte abgehen?“

„Herr Geheimrat – –“

„Wenn die Aufnahmen gelungen sind, gibt es auch wieder eine Portion Hummermayonnaise. Im Nebenzimmer wird alles schon zurechtgestellt.“

Das blasse Gesicht Frau Wendelins färbte sich dunkelrot. „Nichts haben Sie vergessen, Herr Geheimrat, obwohl schon so viele Jahre dazwischenliegen.“

„Jahre mit tiefem, tiefem Leid.“

„Ja, mit tiefem Leid, Herr Geheimrat.“

„Ich hörte von Ihrem Verlust, Frau Bärbel. Sie haben aber noch drei liebe Kinder. Sehen Sie, das tröstet und hilft darüber hinweg.“

„Und doch wird eine Lücke niemals ausgefüllt werden, Herr Geheimrat.“

„Drei Kinder“, sagte er leise. „Ich hatte zwei. Mein Weib habe ich begraben, meinen Ältesten, als er noch ein Kind war. Da mußte ich alle meine Liebe, alle meine Hoffnungen auf den Einen häufen, der mir blieb. Den habe ich nun auch verloren, Frau Bärbel. – So bin ich ganz allein zurückgeblieben.“

Ihre Augen füllten sich mit Tränen. Am liebsten hätte sie dem alten Herrn innig die Hände gedrückt.

Mit einer müden Bewegung wies er auf die beiden Zimmer, in denen Blumen in überreicher Fülle umherstanden, auf die vielen silbernen Pokale und die wertvollen Geschenke, die aufgestellt waren.

„Das alles gäbe ich gern hin für einen Händedruck meines Jungen. Frau Bärbel, man hat Ihnen viel genommen, aber Sie können nicht sprechen wie ich: allein! Dieses Wort „allein“ ist furchtbar grausam. Doppelt grausam, wenn man so alt geworden ist wie ich. Ich kann es verstehen, daß Sie glaubten, die Sonne ginge Ihnen unter, als Sie den geliebten Gatten in die Erde betteten; aber an Ihrem Lebenshimmel strahlen noch viele Sterne, liebe Frau Bärbel. – Nicht wahr, Ihre Eltern leben auch noch?“

„Ja“, sagte sie kaum vernehmbar.

„Sie reiche, Sie überreiche Frau. Drei Kinder, drei frische, fröhliche Kinder. – Frau Bärbel, vergessen Sie es nicht, daß Sie für die Kinder da sind! Und wenn es Ihnen auch manchmal schwer wird; eine Mutter lebt für ihre Kinder, eine Mutter denkt nicht an sich. Eine Mutter hat Pflichten. Aber ich sehe, wir beide machen uns gegenseitig das Herz schwer, man muß das überwinden lernen. – Nun wollen wir uns gemeinsam die Blumenpracht ansehen, mit der man einen alten, müden Mann zu erfreuen suchte.“

Doch Bärbel rührte sich nicht von der Stelle. Sie hörte die spröde gewordene Stimme des Geheimrates. Die furchtbaren Worte: „ich bin allein“ rissen an ihrem Herzen. Sie hatte drei Kinder, die Eltern, Brüder; überall Herzen, die für sie schlugen. Sie war noch jung, konnte im Heranwachsen der Kinder manchen Sonnenstrahl erhaschen. Doch hier vor ihr stand einer, dem war die Sonne für immer untergegangen.

„Herr Geheimrat!“ Sie griff nach seiner Hand und beugte sich darüber. Zwei glitzernde Tränen fielen darauf. Er legte seine Rechte auf ihren blonden Scheitel.

„Möge Ihr Leben reich bleiben, Frau Bärbel, mögen Sie gesegnet sein!“

Er schaute auf die Hand, auf der, zwei Perlen gleich, die Tränen aus Bärbels Augen lagen.

„Kind, mein liebes Kind“, sagte er erschüttert, „glauben Sie mir, das tut wohl.“

Bärbel wußte darauf nichts zu antworten. Mit scheuer Ehrfurcht blickte sie in das Gesicht des alten Mannes, in dem trotz allem ein milder Friede lag. Ihr Antlitz wies viel tiefere Linien des Grames auf.

„Blumen“, sagte er langsam, „Geschenke, überall Zeichen der Freundschaft. Aber die Leere im Herzen füllen sie nicht aus, wenn man ganz allein ist. Wie gut, daß ich Sie zu mir rief, Frau Bärbel. Wie ein Hauch aus meiner Jugendzeit weht es zu mir herüber. Von Ihnen geht Wärme aus, die bis in mein starres Herz hineinströmt. Sie müssen mich öfters besuchen, mich, den Einsamen. Bringen Sie mir auch Ihre Kinder mit, Frau Bärbel. Ich möchte mich auch noch auf etwas freuen können.“

Dann war es eine lange Zeit still zwischen den beiden. Geheimrat Rose stand inmitten der vielen Blumen, griff bald nach dieser, bald nach jener Blüte. Schließlich nahm er eine weiße Rose aus einem Strauß.

„Das nehmen Sie mit, ich bin zu arm, Frau Bärbel, um Ihnen mehr schenken zu können, Sie reiche, Sie überreiche Frau! Nehmen Sie diese Blüte mit als Erinnerung an einen, der sich auch abfinden mußte mit seinem schweren Los. – Sehen Sie, da ist ein Spruch, den habe ich mir ins Herz gemeißelt, den halten auch Sie fest, Frau Bärbel.

Das kannst du nicht zwingen,
daß die Knospen springen,
ehe die Sonne ihnen den Mai gebracht.
Aber daß, was hinter dir liegt,
dich nicht mehr unterkriegt,
was Winter in dir, abzustreifen
in aller Stille ...
und Knospen zum Reifen zu bringen
und dich zum Frühling durchzuringen,
das kannst du zwingen!“

Nochmals strich er ihr über das lockige Haar. Seine Stimme klang wieder hell und klar.

„Und nun an die Arbeit, Frau Bärbel. Will doch sehen, was der kleine Lehrling des Herrn Brausewetter gelernt hat. Eine Aufnahme dieses Zimmers, hier noch eine von diesem Tisch und die Silbersachen besonders. Wir wollen sie gemeinsam aufstellen, denn dazu brauche ich Ihre künstlerische Hand. Dann sollen sich die Zeitschriften selbst wählen, welches Bild sie haben wollen."

Es war Bärbel nicht möglich, sofort in den geschäftlichen Ton mit einzustimmen. Viel zu schwer lastete das Gehörte auf ihr. Aber als der Geheimrat die Blumen zusammenrückte, als er lächelnd fragte, ob es so gut sei, riß auch sie sich zusammen.

Emsige Arbeit wurde geleistet. Es war nicht leicht, eine passende Auswahl zu treffen. Vieles mußte anders hingestellt werden, auch das Licht war nicht besonders günstig. Aber endlich war alles gelungen. Geheimrat Rose hatte sechs verschiedene Aufnahmen machen lassen.

„Ich denke, nun haben wir uns ein Frühstück redlich verdient. Hummer schmeckt Ihnen hoffentlich noch immer?"

Anfangs glaubte Bärbel, daß es ihr unmöglich sein werde, auch nur einen Bissen herunterzubringen. Aber Geheimrat Rose plauderte so gütig, so freundlich, daß sich langsam auch ihr Gemüt ein wenig erhellte.

Schließlich meinte Bärbel, es sei nun an der Zeit aufzubrechen.

„Sie wissen, Frau Bärbel, ich bin kein Freund vom Photographieren, doch in Ihr Atelier komme ich. Das muß ich mir genau ansehen und auch die drei Kinder, Rangen sind es, sagten Sie? Famos! Mit Rangen gebe ich mich gern ab. Kinder, von Ihnen erzogen, müssen prachtvolle Rangen sein. Darf ich einmal zu Ihnen kommen?"

„Herr Geheimrat, es würde für mich eine große Ehre sein."

„Liebe Frau Bärbel, lassen Sie die Ehre fort, davon mögen andere reden. Sie sollen mir einfach sagen, daß es für Sie eine Freude ist, wenn ich komme."

„Eine sehr große Freude, Herr Geheimrat. – Wann darf ich Sie erwarten?"

„Ich denke, bald nach Neujahr.“

„Weihnachten“, sagte sie zögernd, „Weihnachten verbringen Sie – bei Bekannten?“

Er schüttelte den Kopf. „Ich bin ein altmodischer Mann, Frau Bärbel. Das Weihnachtsfest bringt mir zu viele Erinnerungen. Doch man muß sein Herz fest in der Hand halten. Es gibt noch Größeres als das kleine Leid der Menschen. Ich fliehe hinauf in die Berge, in die gewaltige Einsamkeit. Dort lasse ich die herrliche Natur auf mich einwirken. Dann fühlt man, wie winzig klein man ist, ein Nichts! Dort in der hehren Einsamkeit wird auch das kranke Herz ruhig und still sein. Dort ist Frieden, der sich wie linder Balsam auf mein Herz legt. Und Sie, meine liebe Frau Bärbel, Sie feiern Weihnachten mit hellen Augen. Ich will Sie später danach fragen. Weihnachten mit drei Kindern, mit den Eltern, lieber Himmel, wenn ich – – nein, nein, also Frau Bärbel, ein frohes Fest und einen dankbaren Sinn. – So und nun machen Sie die Bilder recht schön und schicken Sie sie mir bald her – – oder noch besser, – wollen Sie sie mir selbst bringen?“

„Ich weiß nicht, ob ich dazu noch Zeit habe, Herr Geheimrat.“

„Ist recht. Die Mutter von drei Kindern hat vor dem Weihnachtsfest keine Zeit. Die Kinder warten auf die Weihnachtsfreuden, die die Mutter schaffen muß. Da ist der Baum zu putzen, die Puppen sind neu einzukleiden. Ach, was weiß denn ich, was solch eine glückliche Mutter alles zu tun hat. Und nun alles Gute, wir sehen uns bald wieder. Der alte Geheimrat kommt bald und unerwartet.“

Scherzhaft drohend hob er den Finger.

„Ihre Kinder frage ich, Frau Bärbel, ob es ein fröhliches Weihnachtsfest war, ob es die Mutter verstand, die Kleinen für den schweren Verlust zu entschädigen, den sie erlitten haben. Mütter können Leid tragen, doch Kinder noch nicht. Und Regen, der in die Blütezeit fällt, zerstört die Frucht.“

„Ich danke Ihnen, Herr Geheimrat.“

Mit einem langen Händedruck schieden sie.

6. Kapitel
Das Ebenbild des Vaters

Die Versuche Brausewetters, Herrn Hampel zur Zurücknahme der Anzeige zu bewegen, waren fruchtlos verlaufen. Herr Brausewetter hatte durch die Innung mehrfach an den Photographen schreiben lassen, ihn auch darauf aufmerksam gemacht, daß er wenig Erfolg haben werde; doch Hampel blieb bei dem Verlangen, gegen das Atelier in der Brückenstraße energisch vorzugehen.

Mit Rotmühl hatte Herr Brausewetter persönlich gesprochen. Er war nicht so starrköpfig wie sein Kollege und sah schließlich die Angelegenheit als eine unüberlegte Handlungsweise der Kinder an, für die man die Mutter nicht haftbar machen könne. Immer noch hatte Herr Brausewetter gehofft, Bärbel eine beruhigende Nachricht geben zu können. Er hatte seinen Besuch daher von Tag zu Tag hinausgeschoben. Schließlich blieb ihm nichts anderes übrig, als Frau Wendelin davon zu unterrichten, daß es bisher noch zu keiner Einigung gekommen wäre. Trotzdem solle sie die Hoffnung nicht aufgeben, daß alles wieder zum guten Ende käme. Seinen Besuch konnte er zunächst nicht machen, da das Weihnachtsfest für das Atelier Brausewetter viel Arbeit brachte.

Dagegen war und blieb es bei Goldköpfchen still. Es gab kaum etwas zu tun, nur ganz vereinzelt eine kleine Aufnahme. Die Bilder für Geheimrat Rose waren trefflich gelungen, Bärbel hatte von dem alten Herrn ein liebes und anerkennendes Schreiben erhalten. Er versprach ihr darin auch, das Atelier weiter zu empfehlen, doch konnte Goldköpfchen jetzt noch nicht darauf rechnen, da sie wußte, daß der Geheimrat schon in den nächsten Tagen verreiste und einige Zeit von Loschwitz fern blieb.

Am 23. Dezember trafen die Eltern aus Dillstadt ein. Beide hatten sich vorgenommen, die Tochter über die schwere Zeit hinwegzubringen. Sie ahnten, daß gerade das erste Weihnachtsfest, das sie ohne den Gatten verbringen mußte, für Bärbel sehr schmerzlich war, daß auch von den Kindern das Fehlen des Vaters bemerkt werden mußte und einen Schatten auf die Feststimmung warf.

Doch Bärbel kämpfte tapfer. Sie wollte sich von ihrem großen Weh nicht unterjochen lassen, wollte weder Eltern noch Kinder merken lassen, wie es in ihr aussah. Aber ein einziger Blick aus den Augen der Mutter genügte, um Frau Wagner sofort Bärbels Inneres zu enthüllen. Wie schmerzlich mußte es für die junge Witwe sein, wenn die Kinder immer wieder vom Vater sprachen, wenn sie das letzte Weihnachtsfest erwähnten, wenn Hermann voller Stolz und doch mit leiser Trauer den Aschenbecher zeigte, den er auch in diesem Jahre für den Vater geformt hatte.

„Mutti sagt uns immer, der Vati ist bei uns, auch wenn er tot ist; da muß er doch zum Weihnachtsfest auch was bekommen. Wenn er zu uns heruntergucktt, darf sein Gabenplatz nicht leer sein."

Besonders Jürgen war still und in sich gekehrt, stand öfters denn je vor dem Bilde des Vaters, und ein banges Kinderstimmchen fragte oftmals:

„Kommst du denn nicht mal zu Weihnachten zu uns zurück?"

Wohl brannte am heiligen Abend der lichtergeschmückte Baum, wohl waren die Tische der drei Kinder reich besetzt, und auch für Bärbel hatten die Eltern manch schönes Geschenk aufgebaut; aber es war doch ein trübes Fest, denn nicht nur Bärbel und die Eltern, auch Hermann und Jürgen hatten von Zeit zu Zeit Tränen in den Augen. Oft schlich sich einer aus dem Zimmer hinaus, um dem anderen nicht zu zeigen, wie schwer ihm das Herz war, wie sehr der Vater allen fehlte.

Bärbel hielt sich überraschend tapfer. Wohl war es ihr mitunter, als müsse sie laut aufschreien; aber dann sah sie die Kinder an, schaute auf die Eltern, und die Worte des Geheimrats tönten ihr im Ohr: „Sie reiche, überreiche Frau!"

Am Nachmittag hatte sie eine stille Stunde am Grabe des heißgeliebten Gatten verbracht. Ganz allein hatte man sie zum Hügel hinausgehen lassen. Schon vorher hatten Eltern und Kinder das Grab reich mit Blumen geschmückt. An dem Hügel, der ihr alles barg, war aufs neue ein heiliges Gelöbnis abgelegt worden, die Kinder zu tüchtigen Menschen zu erziehen und selbst tapfer zu sein.

„So manchen Wunsch hast du mir erfüllt, mein Häschen, bitte dort oben für die Kinder, daß sie so werden wie du!"

Und – merkwürdig, am Weihnachtsabend, als Hermann der Mutter sein kleines Geschenk überreichte, legte er den Arm um ihren Hals und sagte so leise, daß es kein anderer hören konnte als sie:

„Ich schenke dir noch viel was Schöneres, Mutti, doch das sieht man nicht. Ich schenke dir, daß ich so werden will wie der Vati. Der war immer so gut!"

„Mein Junge, mein geliebter Junge!"

„Sollst mal sehen, Mutti, wenn ich erst größer bin, werde ich genau so wie der Vati. Dann hast du keine Sorgen mehr. Wenn die Leute auch nicht zu dir kommen wegen der Bilder, sei nur ruhig, dann verdiene ich alles, genau so wie der Vati."

Wer solche Kinder sein eigen nannte, der brauchte nicht zu klagen, nicht Verlorenem nachzuweinen. In allen drei fand sie vertraute Züge des Dahingegangenen. Er pflanzte sich fort in ihnen, er schickte ihr durch die Kinder Freude und Glück.

„Ich will stark sein, mein Häschen, ich will es!"

Unter den vielen Geschenken, die die Kinder erhalten hatten, erregte bei Hermann der Rodelschlitten die größte Begeisterung. Jürgen saß dagegen von früh bis abends vor seinem neuen Kaufmannsladen und verkaufte den Großeltern dauernd seine Waren. Erna hatte sich in eine Zimmerecke zurückgezogen und strahlte dort ihre neue Puppe an. Doch immer wieder kamen die Drei abwechselnd zur Mutter gelaufen, immer wieder wurde ihr inneres Alleinsein durch die strahlenden Blicke der

Kinder erhellt, und das gab ihr die Kraft, die Feiertage zu überwinden und sogar in diesem Jahre den Kindern eine leidlich fröhliche Erinnerung an dieses Fest zu hinterlassen.

Trotzdem waren die Eltern in großer Sorge um ihre Tochter. Der berufliche Ärger, den sie in den letzten Wochen gehabt hatte, belastete das Herz noch mehr. Der Vater war der Meinung, Goldköpfchen solle das Atelier aufgeben und mit den Kindern nach Dillstadt übersiedeln. Doch dagegen wehrte sich Bärbel entschieden.

„Hier hat er gelebt, hier erinnert mich alles an ihn, hier möchte ich bleiben. Auch will ich meine Arbeit nicht verlassen. Sie ist mir trotz allem lieb."

Frau Wagner pflichtete der Tochter bei. Bärbel mußte eine Tätigkeit haben, um zunächst ein wenig zu vergessen. Obwohl sie sich eifrig der Erziehung ihrer Kinder widmete, war es dennoch gut, wenn ihre Gedanken nebenbei in noch andere Bahnen gelenkt wurden.

Die schönen Wintertage wurden von den Kindern zu Schlittenfahrten und zum Schlittschuhlaufen benutzt. Die Großeltern begleiteten die Kleinen häufig, und auch Bärbel fühlte, daß ihr die Spaziergänge gut taten. So wandelte der kleine Trupp fast täglich hinaus zu dem Teich oder hin zu den Abhängen, an denen die Jugend von Heidenau rodelte.

Wie viel gab es hier zu lachen! Hermann wollte bald den Großvater, bald die Großmutter mit auf seinen Schlitten nehmen; und wenn gar Onkel Forstrat mitkam, ließ er nicht eher mit Bitten nach, als bis der alte Herr tatsächlich mit ihm den Hügel hinunterfuhr. Man brauchte keine Sorgen zu haben, ein Unglück konnte hier kaum geschehen. Nur auf den Teich ließ Bärbel die Kinder seit zwei Tagen nicht mehr gehen, da plötzlich Tauwetter eingetreten war.

„Die anderen laufen doch auch noch", sagte Hermann und schaute sehnsüchtig zu der fröhlichen Schar hinüber, die sich auf dem Weiher tummelte.

„Der Vati würde es dir auch verbieten, Hermann."

„Na, dann gut“, meinte er seufzend, „da müssen wir es eben lassen.“

Doch das Rodeln unterblieb nicht. Alltäglich gingen Hermann und Jürgen davon. Oftmals auch allein, am Hang trafen sie sich mit den Klassenfreunden, und großes Wettrodeln setzte ein.

Silvester!

„Mit dem Dunkelwerden kommt ihr wieder heim“, sagte Bärbel zu den beiden Knaben. „Du, Hermann, paßt gut auf Jürgen auf. Mutti kommt heute nicht mit, und auch die Großeltern bleiben daheim.“

„Wird gemacht“, sagte Hermann.

An dem Rodelhang herrschte wieder reges Leben. Heute war es ganz besonders schön. An manchen Stellen spritzte das Tauwasser hoch auf. Welch eine Freude, wenn dieser oder jener Schlitten in solch eine Pfütze fuhr!

„O je“, sagte Hermann plötzlich, „es wird dunkel, da ist es aus mit dem Vergnügen. Nun muß ich heim.“

„Bleib doch noch ein Weilchen.“

„Nein“, erwiderte Hermann energisch. „Komm, Jürgen, wir müssen heim.“

Hermann klemmte die lange Rodelstange fest unter den Arm, gestattete dem jüngeren Bruder, daß er sich auf den Schlitten setzte und ergriff die Leine.

„Olles Ferkel“, sagte er geringschätzig. „Bist naß wie 'ne Wassermaus!“

Man kam an dem kleinen Teich vorüber. Er war fast leer. Nur am Rande belustigten sich noch einige Kinder damit, das Eis mit dem Absatz des Stiefels zu zerhacken. Hermann warf einen sehnsüchtigen Blick auf die Kinder, dann fuhr er weiter.

Plötzlich hielt er im Gehen an. Ein lauter Schrei war an sein Ohr gedrungen, der sich vervielfältigte.

„Hilfe – Hilfe!“

„Da ist was los!“

„Du bleibst schön sitzen, Jürgen, und ich gehe rasch mal nachsehen.“

Hermann eilte zurück, der kleinere Jürgen hinter ihm her. Am Rande des Teiches liefen aufgeregt mehrere Knaben hin und her. Von der Mitte gellte immer wieder der Schrei: „Hilfe – Hilfe!“

„Was ist denn los?“

„Dort ertrinkt einer!“

„Da müssen wir doch helfen.“

„Mensch, willst du auch einbrechen?“

„Wenn wir ganz vorsichtig hinkriechen – –“

Jürgen wagte sich bereits auf das Eis. Mit raschem Griff hatte ihn Hermann erfaßt. „Dämlicher Bengel“, schrie er ihn an. „Du bleibst am Ufer!“

„Hilfe – Hilfe!“

Und dann lief in der nächsten Sekunde ein Mann mit flatterndem Mantel über das Eis, hin zu der Unglücksstelle.

Ein Schrei aus vielen Kinderkehlen: „Er ist eingebrochen!“

„Wer ist denn das?“

„Der Photograph Hampel, seine Grete ist eingebrochen, er will sie retten.“

Hermann, der sich bereits platt auf das Eis gelegt hatte, richtete sich wieder auf. „Der Hampel“, sagte er ergrimmt.

Eine Sekunde lang dachte er an die Ohrfeige, die er von jenem bekommen hatte. Aber schon im nächsten Augenblick warf er sich abermals flach aus die Eisdecke.

„Ich rutsche hin.“

„Mensch, du ertrinkst.“

„Meine Stange!“

„Bist ja verrückt, Hermann.“

Aber der beherzte Knabe hatte bereits die lange Rodelstange fest in beiden Händen.

„Ich komme mit“, rief Jürgen.

„Du bleibst da“, rief Hermann erregt. „Du bleibst da, oder ich verhaue dich.“

Es nützte nichts, Jürgen wagte sich gleichfalls auf die Eisdecke.

„Du Schafskopf – wenn du – – ich haue dir den Kaufmannsladen entzwei! Haltet den Bengel fest.“

„Zu Hilfe – zu Hilfe!“

Der Mann, von dem die Kinder meinten, daß es der Photograph Hampel sei, rief verzweifelt nach Beistand. Er konnte wohl immer wieder die Eisdecke fassen und sich daran über Wasser halten, doch schon nach wenigen Augenblicken brach das Eis wieder fort.

„Hilfe! – Hilfe!“

„Meinen Schlitten!“

Man schob Hermann den Schlitten zu, der leicht über das Eis rutschte.

„Ich komme“, rief der Knabe.

Er gab dem Schlitten einen kräftigen Stoß. Der kam geradeswegs an die Einbruchsstelle. Hermann sah, wie sich zwei Kinderhände daran klammerten. Dann war auch der Schlitten verschwunden.

Hermann schob sich behutsam auf der Eisdecke weiter, vorsichtig näherte er sich der Einbruchstelle, die Rodelstange weit vor sich hinschiebend. Wenn es ihm gelang, die Stange quer über das Einbruchsloch zu legen, konnte sich der Mann daran festhalten, ebenso das kleine Mädchen, das er in seinem einen Arm hielt.

„Hilfe! – Hilfe!“

„Ich komme ja schon!“

Es glückte. Die Stange lag quer über dem Loch, das Kind klammerte sich fest daran.

„Festhalten!“ rief Hermann, dann schrie er mit um Hilfe.

Noch dichter an das Loch heran durfte er sich nicht wagen, denn das Eis knackte bedenklich unter ihm. Wie gern hätte er dem kleinen Mädchen die Hand gereicht. Ob er noch ein wenig weiter vorrutschen konnte?

Plötzlich fühlte sich Hermann an beiden Füßen ergriffen.

„Loslassen, Jürgen, du bist wohl verrückt!“

„Ruhig, mein Junge, wir kommen dir zu Hilfe. Wenn du einbrichst, halten wir dich fest. Kannst du das Mädchen fassen?“

Noch einmal ein vorsichtiges Vorschieben Hermanns, dann griff er mit beiden Händen nach dem Kinde.

„Nun ziehen, feste ziehen!“ schrie er nach rückwärts.

Der Mann, der gleich Hermann flach auf dem Eise lag und den Knaben an beiden Füßen hielt, zog ihn rückwärts. Auf diese Weise gelang es, das Mädchen auf das Eis hinaufzuschieben. Eine Wasserwelle ergoß sich über Hermann. Der schnaufte laut, dann aber schob er das Kind mit kräftigem Stoß nach hinten.

„Der Mann ist auch noch im Wasser.“

Photograph Hampel hing halb erstarrt an der Stange. Die Stange konnte man nicht zurückziehen, es war also nur möglich, den Mann genau so aus dem Wasser zu retten wie das Kind.

„Geben Sie mir Ihre eine Hand“, sagte Hermann.

„Hilfe! – Hilfe!“

„Packen Sie doch zu!“

Ein Arm klammerte sich an den des Knaben.

„Nun wieder ziehen!“ rief Hermann zum zweiten Male.

Und wirklich gelang das schwere Rettungswerk. Nun erst merkte Hermann, wie erschöpft er war. Kalt war ihm nicht, o nein, im Gegenteil, furchtbar heiß.

„Junge, du braver Junge!"

Der schüttelte sich das Wasser vom Mantel. „Wo ist der Jürgen?"

Der saß weinend am Rande des Teiches. Einer der Knaben hatte ihm eine kräftige Tracht Prügel gegeben, weil er sich zu weit hinaus auf die Eisdecke gewagt hatte.

„Wenn du noch weiter schreist, haue ich dich auch noch durch", rief Hermann erregt.

„Nun rasch in das kleine Restaurant", sagte einer der Herren, denn am Ufer des Teiches hatten sich zahlreiche Menschen eingefunden, die lebhaft auf den Knaben einredeten und ihm anerkennende Worte sagten.

„Quatsch", sagte Hermann ärgerlich, „ich konnte den Mann doch nicht ertrinken lassen."

In dem geheizten Lokal bemühten sich gar viele Hände um den jungen Retter. Man hüllte ihn in einen dicken Pelz, gab ihm heißen Tee zu trinken; doch Hermann wehrte ärgerlich jedes Lob ab.

„Ich muß nun heimgehen, die Mutti hat gesagt, wir sollen daheim sein, wenn es dunkel wird."

„Wer ist deine Mutti, mein tapferer Junge?"

„Frau Bärbel Wendelin, die das photographische Atelier in der Brückenstraße hat."

„Der Wendelin", sagte einer der Herren, „der Sohn jenes Mannes, der im Frühling sein Leben hingab, um durchgehende Pferde zum Stillstehen zu bringen."

„Das war mein Vater!" sagte Hermann stolz.

Einer der Männer hielt die beiden Hände des Knaben fest. „Du Sohn deines Vaters“, sagte er herzlich. „Was hast du dir gedacht, als du dich auf das Eis hinaus wagtest, mein Junge?“

„Da ertrinkt einer, das darf doch nicht sein.“

Etwas abseits standen andere Männer und Frauen. Die sprachen leise und zaghaft zusammen. Erst gestern hatte eine von den Wendelinschen Kindern zu berichten gewußt, daß es Verbrechernaturen seien, das sähe man deutlich an dem Verhalten. – Und heute?

Im Nebenzimmer lagen Hampel und seine Tochter. Als der Photograph hörte, wer ihm das Leben gerettet hatte, war Hermann Wendelin schon längst auf dem Heimwege.

„O weh“, meinte der Knabe, „dunkel ist es schon, naß bin ich und der schöne Rodelschlitten ist futsch.– Was wird die Mutti sagen?“

„Hahaha, und wie du aussiehst“, lachte Jürgen. „In so 'nem alten Mantel.“

Hermann war sehr kleinlaut, als er das Haus erreichte. Jürgen dagegen stürmte die Treppe hinan und betrat das Wohnzimmer mit dem Ruf:

„Ätsch, der Schlitten vom Hermann ist ertrunken, und der Hermann ist pudelnaß!“

Bärbel befand sich seit einer halben Stunde in größter Erregung. Die Kinder folgten sonst aufs Wort. Warum kamen sie heute nicht rechtzeitig heim?

„Was ist geschehen?“

„Einer ist ins Eis eingebrochen, der Hermann hat ihn rausgeholt und noch ein Mädchen dazu.“

„Wo ist Hermann?“

Der hatte sich sogleich zu Frau Leuschner begeben. Zunächst warf er die Pelzjacke von sich, die man ihm übergezogen hatte; und während er sich der feuchten Kleidungsstücke entledigte, begann er zu Frau Leuschner von seinem Mißgeschick zu reden.

Da standen schon Bärbel und Frau Wagner im Zimmer. „Hermann, mein lieber, lieber Junge, was ist geschehen?“

„Ach, Mutti, sei mir nicht böse.“ Der Knabe barg sein Gesicht an ihrer Schulter. „Es ist heute mal etwas später geworden, und mein schöner Rodelschlitten ist futsch.“

Noch während Hermann erzählte, läutete es draußen. Einer der Zeugen, einer, der die heldenhafte Tat des Knaben gesehen hatte, fand sich ein, um Frau Wendelin genauen Bericht zu geben.

So erfuhren es alle. Bärbel saß ganz still auf dem Sofa und hörte den Bericht an.

„Ich konnte ihn doch nicht ertrinken lassen“, das war das einzige, was der Knabe dazwischenrief.

Bärbel schloß die Augen. Sie sah sich auf der Landstraße nach Lerchental, sah ihren Gatten, wie er beherzt zusprang, als die durchgehenden Pferde einen Kremser mit Ausflüglern umzustürzen drohten. Sie hörte ihres Harald Worte, daß man anderen beistehen müsse.

Was hatte ihr der Knabe am Weihnachtsabend geschenkt? In allem so zu werden wie der Vati. Der Vater hatte sein Leben für Fremde hingegeben, sein Sohn besann sich keinen Augenblick, um einen Ertrinkenden zu retten.

„Ich möchte sein wie der Vater.“

Frau Wendelin hob den Blick zu dem Bilde ihres Haralds. War es nicht, als nicke er freundlich zu ihr hernieder?

„Wie stolz können Sie auf Ihren Jungen sein, Frau Wendelin!“

Sie konnte nicht viel antworten. Sie sah Vater und Sohn in innigstem Verein. Einer wie der andere. Oh, sie war eine glückliche Frau!

„Sag mal, mein Junge, man erzählt, du hattest Prügel bekommen von Herrn Hampel, – stimmt das?“

„Na und ob!“

„Und dann hast du ihn gerettet?“

„Ich habe ihm aber zuerst 'ne Hand voll Wasser ins Gesicht gespritzt.“

„Und hast ihn gerettet, mein Junge?“

„Na, er darf doch nicht ertrinken.“

„Du bist ein prächtiger Knabe! Aus dir wird ein tüchtiger Mann werden. Und nun darfst du dir von mir etwas wünschen. Du hast gewiß einen Wunsch. Ich glaube auch, daß dir noch manche Anerkennung werden wird. – Was möchtest du denn gern geschenkt haben, mein Junge?“

Schon öffnete sich der Knabenmund, man sah es ihm deutlich an, er wollte einen Wunsch hervorsprudeln. Aber sofort preßten sich die Lippen wieder fest zusammen.

„Nun, so sage es doch!“

„Ich darf nicht.“

„Du darfst es schon!“

„Nein, ich darf wirklich nicht.“

„Doch, doch, mein Junge, mir kannst du deinen Wunsch sagen. Hast dich heute so tapfer gezeigt, daß ich dir deinen Wunsch erfüllen will.“

Hermann wandte sich fragend zur Mutter. Bärbel nickte ihm zu.

„Ich hoffe, du bist nicht unbescheiden, Hermann, doch einen Wunsch darfst du äußern.“

„Mutti, darf ich wirklich?“

„Ja, mein liebes Kind.“

Noch ein kurzes Zögern, dann sagte der Knabe stockend: „Wenn Sie sich photographieren lassen wollen, dann kommen Sie doch in unser Atelier. Die Mutti hat seit Tagen nichts zu tun.“

„Ja, mein Junge, das soll geschehen.“

Goldköpfchen wurde verlegen. Solch einen Wunsch hatte sie freilich nicht erwartet. Würde ihr diese Bitte des Knaben nicht neue

Unannehmlichkeiten einbringen? Es war gewiß nötig, daß sie eine Erklärung gab.

Aber als sie davon zu reden beginnen wollte, wehrte der Herr lächelnd ab. „Ich verstehe den Wunsch Ihres Sohnes richtig, Frau Wendelin."

Dann war er gegangen. Goldköpfchen packte ihren Hermann ins Bett, obwohl dieser behauptete, er fühle sich ganz wohl und friere gar nicht.

„Dem Jürgen kannst du eine runterhauen, Mutti, der folgt nicht."

Das wurde noch ein recht lebhafter Silvesterabend. Verschiedener Besuch stellte sich ein, denn sehr schnell hatte sich die Heldentat des Hermann Wendelin herumgesprochen. Aber all das Lob, das man ihrem Sohne zollte, erfreute Bärbel nicht so sehr als das Bewußtsein, daß ihr Ältester in den Fußtapfen des Vaters wandelte.

Am Abend saß sie noch ein ganzes Weilchen am Bett des Knaben.

„Wenn ihr nun schon soviel Wesens davon macht", sagte Hermann ein wenig schmollend, „wenn der eine meint, ich hätte mich wie ein Mann benommen, könnte doch der Mann heute, am Silvesterabend aufbleiben, wie das alle Männer machen. Aber, siehst du, jetzt bin ich nun wieder ein kleiner Junge und kein Mann."

„Gerade ein Mann, der am Nachmittag fast im Wasser gelegen hat, würde so klug sein und sagen: „damit ich mich nicht erkälte, gehe ich ins Bett"."

„Ich erkälte mich nicht. Ich war manchmal schon viel nässer, Mutti, dann weißt du es nur nicht. Aber heute haben sie eben gar so viel Aufhebens davon gemacht."

„Du hast eine lobenswerte Tat vollbracht, mein lieber Hermann."

„Ach", meinte er geringschätzig, „heute war's nicht viel. Aber als ich neulich den Hugo von drei Indianerhäuptlingen befreite, als sie alle mit Fäusten auf mich einschlugen, das war 'ne Tat, Mutti!"

„Du hast heute dein Leben für andere Menschen gewagt, und das ist das Schöne daran."

Der Knabe schaute eine Weile zur Decke empor, faßte dann nach der Hand der Mutter und sagte mit tiefer Innigkeit in der Stimme: „Wie der Vati habe ich es gemacht, nicht wahr?“

„Ja, Hermann.“

„Na, habe ich es dir nicht gesagt, ich werde schon so werden, wie der Vati gewesen ist?“

„Mutti“, jammerte es vom zweiten Bett herüber. „Immerzu redest du mit dem Hermann. Ich bin doch auch auf dem Eis gewesen, bin auch mit beiden Beinen in ein Loch getreten.“

Bärbel erhob sich und ging zum zweiten Bett hinüber. Da flammte Hermanns Eifersucht auf. „Ich bin der Mann, hat einer gesagt, und der da hat nichts getan. Im Gegenteil. Er ist im Wasser herumgepatscht und hat mir nicht gefolgt.“

Bärbel mußte geschickt den ausbrechenden Streit schlichten. Sie war heute so überglücklich, daß die beiden Knaben einer Gefahr entronnen waren, daß sich ihr Hermann so mutig und überlegt gezeigt hatte, und daß er der echte Sohn seines Vaters zu werden schien.

Sie löschte das Licht im Kinderzimmer; doch war es ihr unmöglich, sofort hinüber zu den Eltern zu gehen, die im Wohnzimmer waren. Einige Augenblicke wollte sie allein sein. Nein, nicht allein, vereint mit ihrem Harald.

Leise, daß sie niemand hörte, ging sie in ihr Schlafzimmer hinüber und sah zum Bilde des Verstorbenen auf.

„Häschen“, sagte sie leise, „wenn ich dich heute ansehe, dann werden die Augen nicht mehr so tränenschwer. In mir ist so viel Freude, so viel Trost. Du hast es gesehen, bist du stolz auf deinen Jungen? – Häschen, ich fühle es immer wieder, wie du segnend um mich bist. Die Kinder sind mir geblieben, für die Kinder soll ich leben und wirken. Hermann ist mir erhalten geblieben, – du bist von uns gegangen, dich kann ich nicht mehr zurückrufen, aber meinen Kindern will ich noch mehr sein als zuvor. Was sagte mir der alte, einsame Freund, dem man alles nahm? Ich kann es nicht zwingen, daß die Knospen springen, kanns nicht zwingen, dich zurückzurufen. Aber in aller Stille die Knospen zum Reifen zu bringen und mich dadurch zum Frühling durchzuringen, das kann ich zwingen. – Häschen, ich will es auch zwingen! Die Knospen sollen reifen, deine Kinder sollen dir gleich werden. Und nun, mein liebes, liebes Häschen, nun will ich den Eltern ein freudiges Gesicht zeigen. Nicht immer weinen und klagen. Du bleibst mir, meine Arbeit an den Kindern bleibt mir auch, ich habe ja noch so viele Aufgaben zu erfüllen. Sollst doch stolz auf dein Goldköpfchen sein."

Sie hob die Hände empor und streichelte innig sein Bild. Dann begab sie sich hinüber ins Wohnzimmer.

Frau Wagner schaute die Tochter mit forschenden Blicken an. In den müden Augen Bärbels stand heute ein kleiner Schimmer der Freude. War es die schöne Tat ihres Ältesten? Auch die Stimme Bärbels hatte jetzt nicht mehr den umflorten Klang. Irgendetwas war geschehen, das ihr ins Herz gedrungen und ihr Freude gebracht hatte. Aber niemand fragte sie danach. Nur in den Herzen der Eltern keimte leise die Hoffnung, daß sich der Tochter verzweifelter Schmerz langsam legen werde, daß ihr die geliebten Kinder neue Kraft geben würden, das Leben zu meistern.

„Morgen ist Neujahr", sagte Apotheker Wagner, „aber ehe ich am zweiten Januar abfahre, kaufe ich Hermann einen neuen Schlitten. Wie hat er um das verlorene Spielzeug gejammert!"

„Und ich schicke ihm die Indianerausrüstung. Sie liegt daheim auf dem Boden in einer Kiste. Erinnerst du dich noch daran, Bärbel? Die Brüder haben mit Begeisterung Indianer gespielt. Alles wiederholt sich im Leben."

„Oh, ich weiß es noch genau, Mama, hoffentlich fällt mir mein Hermann nicht auch die Spaziergänger an wie einstmals Kuno, als er sich in Dillstadt als Indianerhäuptling hervortat."

„Laß ihn ruhig machen, in dem Jungen steckt so viel Gutes – –"

„Du hast ja gehört, wie er sich dem Konkurrenten gegenüber betragen hat. – Was wird mir das neue Jahr nur noch nach dieser Richtung hin bringen? Herr Brausewetter schrieb mir, daß er mit Herrn Hampel keinen Schritt vorwärts gekommen sei."

„Hat dir der Hermann das Geschäft versiebt, wird er es nun wohl wieder gutmachen. Ich kann mir nicht denken, Bärbel, daß der Mann, den dein Junge vom Tode des Ertrinkens rettete, – nicht nur ihn, auch seine Tochter, – daß dieser Mann dir jetzt noch etwas nachträgt. Er muß deutlich erkannt haben, daß Hermann keine Verbrechernatur ist, wie er gesagt haben soll. Ganz im Gegenteil, ich denke, er findet sich persönlich bei dir ein, und ihr werdet in Zukunft gute Nachbarschaft halten."

„Ach, Väterchen, wenn das einträfe, fiele mir mancher Stein vom Herzen. Ich bin ein wenig verzagt."

„Nanu, – so kenne ich mein Goldköpfchen noch gar nicht. Immer Mut, es wird schon alles wieder gut werden!"

In den Augen der jungen Witwe glomm wieder leises Hoffen auf. „Ja, Väterchen", sagte sie, „es muß werden. Heute, am Jahresschluß, habe ich es mir wiederum recht fest vorgenommen, Knospen zum Reifen zu bringen, das kann man zwingen. Meinst du nicht auch?"

Wagner zog seine Tochter fest an sich. „So ist es recht, mein liebes Goldköpfchen. In eines jeden Menschen Leben gibt es dunkle Stunden, Augenblicke, wo man glaubt, daß man die schwere Last nicht mehr tragen kann. Aber gemach, es geht noch immer. Freud und Leid ist des Menschen Dasein. Da gibt es eine schöne Bitte an die ewige Allmacht: wollest mit Freuden und wollest mit Leiden mich nicht überschütten, doch in der Mitten liegt stilles Bescheiden. – Nicht wahr, mein geliebtes Goldköpfchen, so wollen wir es halten."

„Ja, Väterchen!" erwiderte sie fest und bestimmt.

7. Kapitel
Allerlei Mißverständnisse

Hermann Wendelin hatte von den Großeltern einen neuen Rodelschlitten erhalten. Das war für ihn natürlich eine unbeschreibliche Freude. Viel weniger Spaß machte es ihm hingegen, daß er jedesmal, wenn er sich draußen zeigte, angehalten und befragt wurde.

„Junge, Junge, du hast Herrn Hampel und seine Tochter vom Ertrinken errettet?"

Hermann gab schon keine Antworten mehr. Er wollte zum Rodeln gehen und wurde von fremden Leuten aufgehalten.

„Bist du nicht der kleine Wendelin, der am Silvesterabend zwei Menschen vom Ertrinken errettet hat?"

„Quatsch!" Das war alles, was Hermann auf die freundliche Frage erwiderte; weg war er.

„Seht mal, da kommt der kleine Wendelin – –"

Hastig bog Hermann mit seinem Schlitten in eine Nebenstraße; und als er merkte, daß ihm die Leute nachsahen, machte er sich einige Schneebälle und schleuderte sie ärgerlich seinen Bewunderern zu.

Für ihn war die Tat längst erledigt. Freilich, die Freunde sprachen auch davon, er aber stopfte verärgert dem einen eine Hand voll Schnee in den Mund. Es gab doch viel Wichtigeres zu erzählen. Er bekam eine Indianerausrüstung, eine, die eines Häuptlings wert war. Nun fragte es sich, ob er der Häuptling der Sioux, der Schwarzfußindianer, der Apachen oder der Wahehe werden sollte. Ein Zank entstand unter den Knaben, denn der Schwarzfuß-Häuptling war in festen Händen.

Auch das Gelände, in dem die Kämpfe zwischen den feindlichen Stämmen ausgefochten wurden, wurde erforscht, ein Wigwam mußte errichtet werden. Kurzum, es gab ungezählte wichtige Dinge zu besprechen.

„Wir bekämpfen euch bis aufs Blut, bis der letzte Mann in den Sand gesunken ist."

„Und wir rauben die weiße Blume der Prärie. Die muß die Erna sein."

„Und ich heirate sie!" schrie ein anderer. „Sie wird die Gemahlin des Schwarzfuß-Indianerhäuptlings."

Als Hermann an diesem Tage heimkam, empfing ihn die Mutter mit lächelndem Gesicht.

„Du sollst morgen vormittag um zehn Uhr aufs Rathaus kommen, mein Junge."

Da sank ein Knabenkopf tief auf die Brust.

„Freust du dich nicht, Hermann?"

„Zu wem soll ich denn kommen?"

„Zum Herrn Bürgermeister."

„Mutti!" Hermanns Hände krallten sich in den Rock der Mutter.

„Du kannst ohne Sorgen hingehen, mein Junge. Der Bürgermeister wird dir etwas sehr Liebes sagen."

„Nee, – du weißt ja nicht – –"

„Was denn, Hermann?"

„Ach, schlimm ist es ja nicht, aber – –"

„Was hast du wieder auf dem Herzen, mein lieber Junge? Mir kannst du es doch sagen."

„Er hat doch immer so 'nen Hut, oben so eingedrückt, wie ein Loch sieht es aus. Und jeden Tag kommt er zur gleichen Stunde an Hugos Haus vorüber und – – und – –"

„Was ist denn los?"

„Und – – da haben wir ihm eben – – wir haben immer aufgepaßt, wenn er vorbeikam, und – – auf den Balkon haben wir ein Brett gestellt und – und 'ne Schippe, – und – dann haben wir kleine Schneekullerchen gemacht, und – wenn er kam, dann haben wir versucht, wer am besten einen Schneeball in das Hutloch schmeißen kann."

„Aber, Junge!"

„Und gestern, da habe ich so 'nen großen Schneeball gemacht. – Weißt du, Mutti, der Schnee klumpt sich jetzt so schön, – aber ich habe nicht gut getroffen, er sollte doch in das Hutloch fallen, und bums, gerade auf seiner Nase ist der Schneeball zerplatzt. Da ist ihm die Brille von der Nase gefallen. – Wir wollten uns schnell verstecken, aber wir konnten uns nicht halten. Ich habe so gelacht, und dann ist auch noch das Brett 'runtergefallen. Da hat er uns gesehen. – Mutti, ich gehe nicht zum Bürgermeister."

„Siehst du, Hermann, das kommt davon. Man bewirft Leute, die vorübergehen, nicht mit Schnee. – Trotzdem mußt du zum Bürgermeister."

„Nein, Mutti, geh du lieber hin."

„Ich will dich begleiten, Hermann. Doch mit unserem Herrn Bürgermeister mußt du allein sprechen."

Ein leidenschaftlicher Stoßseufzer kam aus Hermanns Brust. „Warum haben wir keine Schule, dann könnte ich nicht gehen!"

Der Knabe verbrachte den Nachmittag in ziemlicher Unruhe, obwohl die Mutter mehrmals andeutete, daß der Bürgermeister wahrscheinlich wegen etwas ganz anderem mit Hermann sprechen wollte.

Der Knabe schüttelte ungläubig den Kopf.

„Es war doch ein ganz großer Schneeball, und ganz fest habe ich ihn gedrückt. – Kann mir schon denken, was er will."

Das schlechte Gewissen des Knaben nahm ihm für heute die Ruhe. Er hatte keine Lust zum Spielen. Immer wieder lief er durch den Korridor, hinüber ins Atelier der Mutter, immer wieder hatte er das Verlangen nach tröstenden Worten.

Und gerade jetzt, als er sich wieder auf dem Flur befand, hörte er, daß jemand die Treppe herauf kam. Neugierig schaute der Knabe durch das kleine Guckloch.

Sein Herz pochte stürmisch. Der Mann, der eben den Fuß aus die letzte Treppenstufe setzte, war sein Feind: Herr Hampel.

Alle Schandtaten fielen ihm sofort wieder ein. Hampel hatte gedroht, er werde Hermann noch eine ganz andere Strafe zudiktieren als die Ohrfeigen, die er erhalten hatte. Und dann – – er hatte Herrn Hampel, als er ihn in Sicherheit hatte, auf dem Eise mehrfach Wasser ins Gesicht gespritzt, er hatte ihn auch, als er ihn festhielt, tüchtig gezwickt. Sehr liebe Worte hatte er für Herrn Hampel auch nicht gehabt, als er am Ufer war. Das alles fiel ihm jetzt schwer aufs Herz. Nun kam der Mann und würde der Mutti davon erzählen, daß ihn Hermann mit Schimpfnamen belegt hatte.

Er riß das Taschentuch hervor. Weiß war es schon lange nicht mehr. Was tat das! Hastig umwickelte er die Glocke. Nun konnte der Klöppel nicht gegen das Metall schlagen. Um ganz sicher zu gehen, legte er noch die Hände darauf.

Herr Hampel zog die Glocke. Nur ein leises Geräusch war vernehmbar. Sorgenvoll schaute Hermann nach der Ateliertür. Wenn die Mutti oder Frau Leuschner kam, war der Plan vereitelt. Wie sein Herz hämmerte!

Draußen stand sein Feind und wartete. Noch einmal wurde die Klingel gezogen, und wieder vergingen bange Minuten. Zum dritten Male. Atemlos wartete Hermann; dann hörte er, daß Herr Hampel langsam die Treppe hinabstieg.

Diese Gefahr war also glücklich abgewendet. Aber vielleicht kam er morgen wieder. Ach, er entging dem Strafgericht doch nicht! Wenn er sich nur morgen vor dem Bürgermeister drücken könnte!

Aber der neue Tag kam, und als Hermann um halb zehn Uhr den Schlitten nahm und die Mutter fragte, ob er nicht wieder rodeln gehen dürfe, verneinte die Mutter.

„Wir müssen um zehn Uhr zum Bürgermeister."

„Die Großmutter sagte, ich könne mir was wünschen. Sie soll mir – sie soll mir", er schluckte tapfer, „den Indianeranzug nicht schicken. Ich wünsche mir, daß ich nicht zum Bürgermeister zu gehen brauche."

„Und du willst ein tapferer Junge sein?"

„Ich will kein tapferer Junge sein, Mutti, aber ich will nicht zum Bürgermeister. – Mutti, der Schneeball war ja viel größer als mein Kopf."

„Dann kannst du dich gleich für deine Ungezogenheit entschuldigen. Nun laß dir von Frau Leuschner die andere Jacke und die anderen Schuhe anziehen, dann gehen wir. Der Herr Bürgermeister darf nicht warten."

Es gab kein Entweichen. Hermann mußte neben der Mutter zum Rathaus trotten.

„Mutti, ich schippe gewiß keinen Schnee mehr vom Balkon 'runter. Sage ihm das."

Als man in der großen Vorhalle stand, wurde es Hermann recht bänglich ums Herz. Und als er gar hörte, daß der Bürgermeister bereit sei, Frau Wendelin zu empfangen, stand in den Knabenaugen helle Angst.

Aber – was war denn das? Der schlanke, weißhaarige Herr reichte Hermann sehr freundlich die Hand, sprach von dem schönen Rettungswerk im See, hatte nur freundliche Worte und nannte ihn einen tapferen und überlegten Knaben, den man für die Rettungsmedaille vorgeschlagen habe.

„Ein elfjähriger Knabe, der die Rettungsmedaille tragen wird! Mein Junge, das ist etwas ganz Besonderes, etwas ganz Großes."

Hermann empfand das gar nicht als etwas Großes. Er hatte daheim schon zwei Medaillen liegen. Die eine hatte er auf dem letzten Jahrmarkt bekommen. Daß aber der Bürgermeister nicht zürnte, so gar nichts von dem Schneeball sagte, war immerhin eine Freude.

Endlich war es wieder an der Zeit, sich zu verabschieden.

„Hermann“, mahnte die Mutter leise, „wolltest du nicht noch etwas sagen?“

Der Knabe verzog den Mund, dann schaute er selbstbewußt auf den Bürgermeister.

„Ich denke, ich konnte mir mal einen Spaß erlauben, wenn ich doch so tapfer gewesen bin. – Es sollte nur auf den Hut gehen, nicht auf die Nase. – Bitte, entschuldigen Sie, Herr Bürgermeister.“

„Aber, Hermann“, rief Frau Wendelin.

„Ach, richtig, du warst gestern einer der Schlingel! Warte nur, ein anderes mal bin ich nicht so nachsichtig!“

„Dann ist also die Angelegenheit erledigt.“ Hermann atmete sichtlich erleichtert auf.

Noch ein kräftiges Händeschütteln; dann waren Mutter und Sohn entlassen. Draußen aber warf sich Hermann stolz in die Brust:

„Mutti, habe ich mich eigentlich gefürchtet?“

„Du hattest ein sehr schlechtes Gewissen, Hermann. Und wenn man ein schlechtes Gewissen hat, vermutet man leicht etwas Falsches.“

Hermann dachte an die Klingel und an Herrn Hampel. Nein, Hampel war nicht in guter Absicht zur Mutti gekommen. Er hatte eine Wut im Leibe gegen das Atelier Goldköpfchen. Der Hampel wollte der Mutti gewiß nur ein Leid zufügen. Wenn er nur wissen könnte, wann der Hampel wiederkäme. Er würde bestimmt die Klingel wieder festhalten.

„Die Rettungsmedaille“, sagte Bärbel stolz. „Hast du es gehört, Hermann?“

„Fein, Mutti. Wenn ich dann Indianerhäuptling bin, hänge ich sie mir an einem roten Bande um den Hals. Der Hugo hat keine solche, dann müssen sie mir untertan sein. Das ist mein Häuptlingsabzeichen.“

Seit Monaten war es das erste Lachen, das von Bärbels Lippen klang. Sie drückte ihren Ältesten herzlich an sich. Was würde der Bürgermeister sagen, wenn er Hermanns Absichten gehört hätte? – –

Die Ferientage vergingen. Der erste Schultag lag hinter den Knaben.

„Nun habe ich das alles aber satt!“ Mit diesen Worten schleuderte Hermann den Bücherranzen mitten ins Zimmer, daß er bis zu den Füßen Frau Leuschners rutschte.

„Hermann“, – mahnte die gute Alte.

„Sie sollen mich in Ruhe lassen!“ Der Knabe begann zu weinen. „Alle glotzen mich an, und immerzu muß ich es erzählen. Und der Direktor ist gekommen.“

„Ist denn das nicht schön, Hermann?“

„Dann soll man immer ein Mann sein, und als ich den Fritz kräftig in die Seite gepufft habe, sagten sie, das macht einer nicht, der zwei Menschen das Leben rettet. Wenn der Hugo den Dietrich pufft, schadet das nichts; mich haben sie aber gleich ausgezankt, weil ich durchaus schon ein Mann sein soll. – Ich will aber noch lange kein Mann sein!“

Das verärgerte Weinen des Knaben rief die Mutter herein.

„Ich will sein wie alle anderen Jungens, nicht einer, den man immerzu anglotzt!“

„Hermann, Hermann, was ist denn wieder los?“

Mit zorniger Stimme berichtete er von der Ehrung, die ihm heute durch den Direktor des Gymnasiums zuteil geworden war.

„Und was hast du gesagt?“

„Daß ich das nächste Mal den anderen ertrinken lasse, wenn sie mich nicht endlich in Ruhe lassen.“

Obwohl sich Bärbel bemühte, dem Knaben klar zu machen, daß es seinen Lehrern ein Herzensbedürfnis wäre, ihn für seine gute Tat zu loben, versicherte Hermann immer wieder: „Ich will von all dem nun aber nichts mehr hören. Wenn lieber mein Indianeranzug käme!“

Der Besuch Hampels schwebte über ihm wie ein Gespenst. Heute, in der Schule hatte einer gesagt, er habe gehört, daß der Hampel ins Atelier

Goldköpfchen gehen wollte. – So war das Herz Hermanns wieder voller Sorgen.

„Otto“, hatte er gefragt, „du warst doch auch am Teich. Was habe ich denn zu Hampel gesagt?“

„Na, du hast schön geschimpft.“

„Hm“, meinte Hermann sorgenvoll, „habe ich toll geschimpft?“

„Noch toller als der Schuster Ritter.“

„Noch toller?“

„Ja.“

„Au weh, – dann ist es schlimm!“

Sehr zaghaft kam er am Mittag aus der Schule heim. Sein erster Weg war zu Frau Leuschner, die er befragte, ob Herr Hampel hiergewesen sei.

„Nein, Hermann. Warum fragst du?“

„Ungewißheit ist etwas Quälendes, hat heute der Lehrer gesagt. Und der hat recht.“

„Was willst du denn von Herrn Hampel? Hast du vielleicht wieder neue Dummheiten gemacht?“

„Nein, heute nicht. Aber neulich, da habe ich ihn ausgeschimpft. Nun wird er zur Mutti kommen und petzen.“

Die gute Frau Leuschner erschrak. Sie wußte, daß Herr Hampel ihrer geliebten Frau Wendelin nicht freundlich gesinnt war. Erst als sie von Hermann Genaueres hörte, war sie ein wenig beruhigt.

„Da siehst du, Hermann, wohin es führt, wenn man so häßliche Ausdrücke gebraucht wie du. In der Erregung stößt man sie dann ungewollt aus. Du mußt dich in Zukunft mehr mäßigen.“

„Ungewollt? – Ich habe es wohl gewollt!“

„Und nun hast du Sorgen.“

„Ha, ja, –“ sagte Hermann seufzend, „nun habe ich Sorgen. – Hauen, das kann er! – –“

Es war abends, kurz vor sieben Uhr, als Frau Leuschner nach Jürgen rief.

„Lauf mal schnell hinunter zum Kaufmann, hier ist Geld, bringe uns ein halbes Pfund Butter herauf. Die Mutti wird gleich von ihrem Ausgang zurück sein. Beeile dich, Jürgen, und verliere das Geld nicht. Hermann hat noch mit Schularbeiten zu tun, so mußt du uns helfen.“

„Wird gemacht!“

Jürgen nahm das Geld, stürmte die Treppe hinab und wollte soeben über die Straße eilen, als seine Aufmerksamkeit durch ein Auto gefesselt wurde, das ziemlich nahe am Hause hielt.

Zwei Männer standen vor dem Wagen und unterhielten sich lebhaft.

„Au fein, 'ne Panne“, sagte Jürgen und stellte sich daneben.

Mit altklugem Ausdruck betrachtete er die Räder.

„Vielleicht der Zylinder entzwei“, sagte er und wandte sich an den Herrn im Pelz.

„Oh, *boy,* wo kann man hier bekommen eine Aufnahme?“

„Eine Aufnahme?“ rief Jürgen hastig. „Hier oben im Atelier.“

„In Hotelier, – hier Hotelier?“

„Jawohl, die Mutti hat ein Atelier, Mutti macht sehr gute Aufnahmen.“

Der Herr sprach in unverständlichen Worten irgend etwas in den Wagen hinein. Der kleine Jürgen drängte sich näher heran und bemerkte, daß im Wagen noch eine Dame saß.

Die Mutti hatte kürzlich gesagt, daß sie wenig zu tun habe. Es wäre herrlich, wenn sie für diese Leute eine Aufnahme machen könnte! Jürgen neigte sich in den Wagen hinein.

„Kommen Sie nur mit mir hinauf. Sie werden sich freuen. Da hat ein ganz berühmter Mann, von dem die Zeitungen schreiben, auch Aufnahmen machen lassen. Ein ganzes Zimmer voller Blumen, – fein!“

Die Dame sagte nichts; doch der Herr im Pelz fragte: „Zimmer groß und schön?“

„Ein riesiges Zimmer und alles voller Blumen. Kommen Sie nur mit!“

Wieder sprachen der Herr und die Dame in unverständlichen Lauten miteinander. Jürgen schaute erstaunt von einem zum anderen.

„Kommen Sie nur!“ unterbrach er den Redefluß.

Die Dame wollte den Wagen verlassen, doch ihr Fuß glitt von dem vereisten Trittbrett ab, und mit einem Schmerzenslaut fiel sie dem Herrn in die Arme.

„O, my foot!“

„Jawohl, die Mutti ist gerade fort, sie kommt aber gleich wieder. Kommen Sie nur mit.“

Der Herr stützte die Dame, dann sprach er mit dem anderen Manne in der Lederjacke; schließlich fragte der Herr aufs neue:

„Is this a boarding-house?“

„Was für ein Haus?“

„A boarding-house?“

Ob der Mann die Aufnahmen geborgt haben wollte, oder was meinte er? Nun, die Mutti würde ihn ja verstehen. Sicherlich war das Indianisch, wie es Hermann mit seinen Freunden immer sprach.

„Kommen Sie nur!“

Der Herr stützte die Dame. Im zweiten Stockwerk machte man halt.

„Oh“, begann der Herr erneut, „wie hoch?“

„Nicht hoch.“

Es ging bis ins dritte Stockwerk hinauf. Die Dame stöhnte des öfteren. Jürgen war vorausgeeilt und klingelte. Hermann öffnete.

„Es kommen zwei, die wollen sich photographieren lassen.“

„Au fein“, rief Hermann, „Mutti wird sich freuen.“ Er lief zur Tür des Empfangszimmers, öffnete sie weit und stellte sich wartend daneben.

Der Herr und die Dame erschienen. Hermann machte vor ihnen eine tadellose Verbeugung. „Ich bitte sehr.“

Die Dame ließ sich leise stöhnend in einen der Sessel fallen. Der Herr sprach auf sie ein. Hermann zog die Stirn kraus. So hatte er es damals auch gemacht, als er mit Hugo und seinem Bruder ins Atelier Hampel ging.

Leise schlich er davon, hin zu Jürgen. „Du, das ist 'ne Gemeinheit, das hat der Hampel gemacht. – Wie du mir, so ich dir! Ich soll mir einbilden, es sei ein indischer Maharadscha! Na, so dumm!“

„Die beiden wollen eine Aufnahme.“

„Schwindel ist es. Na, die will ich kurieren.“

Beide Knaben kehrten ins Atelier zurück.

„Can I have a room?“

„Hatschi mutsch batschi.“

„Can I have a room?“

„O, my foot!“

„Pschi muschta hummla, Mutti. Affi, – Esli – –“

Der Herr und die Dame blickten sich erstaunt an.

„Eine Aufnahme in diese Haus, Auto defekt, von Dresden.“

„Ach Quatsch, sagen Sie es doch ehrlich. Herr Hampel schickt Sie her. Aber wir fallen nicht darauf herein. Sind Sie auch ein Sohn vom Maharadscha? – Latschi muschti Affi – Esli – –“

„Diese Dame – der Herr von diese Haus – –“

„Der bin ich“, sagte Hermann. „Was wollen Sie vom Herrn des Hauses? Zum Anführen sind wir nicht da.“

Ein neuer englischer Wortschwall von seiten der Dame ergoß sich über Hermann. Sie schien sehr erregt zu sein, verzog das schöne Gesicht mehrfach schmerzlich und zeigte nach ihrem Fuß.

Hermann wurde unsicher. Ungezogen durfte er gegen Kunden nicht sein. Jürgen hatte von einem Auto gesprochen, das vor dem Hause hielt. Vielleicht waren es doch Kunden, die aus einem fremden Lande gekommen waren. Der Herr Geheimrat mit den Blumenzimmern war, so hatte die Mutti erzählt, in Asien und Afrika gewesen. Vielleicht hatte der die beiden hergeschickt.

Hermann wurde plötzlich sehr höflich. „Oh, gnädige Frau, Sie werden gleich photographiert werden. Die Inhaberin des Ateliers ist nur einmal weggegangen, sie hatte einen wichtigen Gang vor. Aber trösten Sie sich, bitte, wollen Sie diese Bilder ansehen."

„O, my foot!"

„Die Oma, die ist auch nicht im Hause. Aber die Besitzerin des Ateliers muß gleich zurückkommen. Bitte, nur noch etwas Geduld."

„Wir wünschen ein Haus, um in der Nacht da zu sein. Auto defekt."

„Ein Hotel?"

„Ja ja, ein Hotel."

„Ach so", sagte Hermann enttäuscht. „Dann gehen Sie nur wieder los. Das hier ist ein photographisches Atelier. – Bitte."

Er ging zur Tür und öffnete sie weit.

„O no", sagte die Dame, während ihr Tränen in die Augen traten, *my foot!"*

„Vielleicht sind Sie doch von Herrn Hampel geschickt", meinte Hermann mißtrauisch. „Ein Hotel ist gleich in der Nähe des Bahnhofs. – Bitte."

Abermals erfolgte eine Unterhaltung zwischen den beiden Fremden. Die Dame weinte leise. Jürgen verzog sich leise lachend, lief zu Frau

Leuschner hinüber, um ihr zu erzählen, daß drüben im Empfangszimmer zwei Leute wären, die in einer urkomischen Sprache redeten.

„Ich habe es ja nicht klingeln hören. Ist die Mama schon wieder zurück?"

„Nee, der Hermann unterhält sich mit ihnen. Er spricht wie ein Indianer."

Sehr schnell erhob sich Frau Leuschner und ging hinüber. „Gib dir nur keine Mühe, Frau Leuschner", sagte Hermann, „die Leutchen werden das Zimmer bald wieder räumen, ich muß es ihnen nur erst klar machen."

Fragend wandte sich die alte Kinderfrau an die Dame; und als sie von dort keinen Bescheid erhielt, an den Herrn.

„Hotel hier? Meine Frau schlimme Fuß. Kann nicht machen einen Schritt. Hotel für die Nacht?"

„Das hier ist kein Hotel, mein Herr."

Noch ehe völlige Klärung der Sachlage herbeigeführt war, erschien Bärbel. Hermann eilte ihr entgegen.

„Mutti, ich glaube, da drin sitzt eine Gemeinheit von Hampel."

Als Frau Wendelin erschien, klärte sich der Irrtum rasch auf. Aber nun war guter Rat teuer. Die Dame hatte sich beim Verlassen des Wagens eine schmerzhafte Sehnenzerrung zugezogen, die Schmerzen steigerten sich von Minute zu Minute, und es schien unmöglich, daß sie die Treppe hinuntergehen könnte.

Obwohl Goldköpfchen nicht gut englisch sprechen konnte, gelang es doch, sich zu verständigen. Hermann schaute voller Bewunderung auf seine Mutter, die sich auf Indianisch unterhalten konnte.

„Sie ist die weiße Blüte der Prärie", flüsterte er dem Bruder zu.

„Quatsch, sie ist meine Mutti."

Nun wurde beraten. Bärbel meinte, es sei das beste, die Unfallstation zu benachrichtigen und die Leidende mit der Bahre nach dem Hotel bringen zu lassen. Das Auto stand noch immer vor dem Hause, es war anscheinend nicht in Gang zu bringen. Aber die Dame, anscheinend sehr verzogen und eigenwillig, behauptete, jede Bewegung verursache ihr die größte Pein. Ob es nicht möglich sei, für eine Nacht hier unterzukommen.

Zunächst lehnte Goldköpfchen ab.

„Frau Wendelin, das Fremdenzimmer ist wieder in Ordnung“, meinte Frau Leuschner.

„Was sollen wir mit den fremden Leuten?“

„Ach, Frau Wendelin“, sagte die treue Alte, „Sie sind ja immer hilfsbereit, ich glaube, Sie würden den Leuten eine große Gefälligkeit erweisen.“

Zögernd bot Bärbel ihr Fremdenzimmer an. Es fehle diesem Raume allerdings jede Bequemlichkeit, die Herrschaften würden enttäuscht sein, aber sie wollte gern für eine Nacht helfen.

Der Fuß schwoll überraschend schnell an. Es war wohl das beste, wenn man Umschläge machte, damit die Schmerzen ein wenig nachließen.

„Wir werden nie vergessen. – Sehr viel Dank.“

Der Herr, der das Zimmer besah, schilderte es seiner Gattin in begeisterten Worten, dann wurde der Transport vorgenommen, bei dem Bärbel persönlich half. Auch hier zeigte sich wieder ihre Umsicht, ihre linde, weiche Hand.

„You are very kind!“

Hermann und Jürgen standen im Flur und flüsterten zusammen.

„Was wollen nur die fremden Leute hier?“

„Uns berauben“, erwiderte Jürgen.

„Ich lege mein Messer neben mich.“

Jürgen hatte Angst um die Mutti. Er hatte kürzlich ein Bild gesehen, da waren böse Menschen über eine Frau hergefallen. So beschlossen die beiden Kinder, die Mutti gut zu beschützen. Nur Erna freundete sich sehr schnell mit dem Herrn an. Obwohl sie ihn nicht verstand, fand sie, daß er ein sehr lieber Onkel sei.

Frau Wendelin bemühte sich um die Leidende. Man hatte die Dame zu Bett gebracht und nach dem Arzt geschickt.

„Es ist schon besser so, gnädige Frau. Man kann nicht wissen, ob es nicht etwas Schlimmeres ist."

Der Arzt beruhigte die Amerikaner. Es war wirklich nur eine Sehnenzerrung, die vielleicht schon morgen behoben war.

„Ruhe ist jetzt die Hauptsache. Es ist gut, mein Herr, daß Sie gleich hierbleiben konnten. Nun hat der kranke Fuß Ruhe und verbleibt in derselben Lage. Er braucht nicht unnötig angestrengt zu werden."

Bärbel brachte die Kinder zu Bett. Forschend schaute sie in ihre Augen. Irgend etwas war wieder nicht in Ordnung.

„Wollt ihr mich noch etwas fragen?"

„Nimm dich in acht vor den fremden Indianern!"

„Das sind gute Leute."

„Na, na", meinte Hermann. „In den großen Städten kann man niemals wissen, was da alles herumläuft. Und wer im Auto fährt, ist manchmal ein ganz gerissener Hochstapler."

„Aber, Hermann, woher hast du denn solche Weisheiten?"

„Ich bin doch ein Mann, Mutti."

„Dann schlafe recht gut, du lieber Mann."

„Hab' nur keine Sorgen, Muttichen", meinte Jürgen, als er ihr den Gutenachtkuß gab, „wir zwei beschützen dich."

„Das weiß ich, mein liebes Bübchen. Und nun schlafe süß." – –

Bärbel hatte sich aus dem Schlafzimmer entfernt, Frau Leuschner hatte nach einer Viertelstunde nochmals leise hineingesehen, ob auch alles in Ordnung sei. Die Knabenaugen waren geschlossen; aber weder Hermann noch Jürgen schliefen. Sie warteten nur darauf, daß Frau Leuschner wieder gegangen sei. Sie wußten, sie kam alltäglich noch einmal, um nachzusehen; doch dann hatte man Ruhe.

Nun war es ganz still und finster im Zimmer.

„Jürgen?"

„Ja!"

„Wollen wir nun gehen?"

„Ja."

Unter der Bettdecke holte der kleine Jürgen seine Knallbüchse hervor, schaute nochmals nach, daß der Korken auch fest in der Röhre steckte, Hermann brachte die Säge aus dem Handwerkskasten.

„So, nun gehen wir."

Barfüßig schlichen die Knaben ins Schlafzimmer der Mutter.

„Sie kommt in die Mitte, ich lege mich nach vorn, du, Kleiner, nach hinten. Dann kann ihr gar nichts zustoßen."

„Och, ich liege ja ganz dicht an der Wand."

„Wirst du liegen bleiben", rief Hermann und gab dem Jüngeren einen Stoß, weil er zu sehr nach der Mitte gerutscht war.

„Ich schieße", rief Jürgen.

„Still bist du!"

Wieder rückte er nach der Bettmitte, und aufs neue erhielt er einen Stoß von Hermann. Und da dieser Stoß etwas derb ausgefallen war, sprang Jürgen auf und versetzte dem Bruder einen Schlag. Vergessen war alle Vorsicht, das Lärmen der Kinder rief die Mutter herbei.

Die Kopfkissen lagen auf der Erde, an der Decke zerrten zwei erregte Knaben.

„Was soll das heißen, Kinder?"

Schon der strenge Ton beschwichtigte die erregten Gemüter.

„Wir beschützen dich vor den Indianern."

Dann kam die Erklärung. Und schließlich trug Frau Bärbel zwei müde Kinder in ihre Betten zurück.

„Schlaft nur ganz ruhig ein, die Indianer kommen nicht. Das sind gar gute Leute."

„Aber – aber –", sagte Jürgen schon schlaftrunken, „die Schießpistole lege mal neben dich. Vor der laufen sie weg. – Morgen – –" seine Zunge wurde immer schwerer, „morgen – verhaue ich den Hermann." –

„Dämlicher Bengel!"

Bärbel konnte keinen Verweis mehr erteilen. Der Schlummer senkte sich bereits auf die beiden Knaben nieder. Der brüderliche Zwist war beseitigt.

8. Kapitel
Frohe Ausblicke in die Zukunft

Mit einem glühendroten Kopf stand Bärbel vor den beiden Amerikanern, die sie gestern abend in ihrem Fremdenzimmer aufgenommen hatte.

„Wir wissen Ihre Liebenswürdigkeit zu schätzen und zu würdigen", sagte die Dame auf englisch. „Sie haben uns einen Dienst geleistet, wie er nicht oft geleistet wird. Wir werden in unsere Heimat ein gutes Andenken an die gastfreundlichen Deutschen mitnehmen. Heute ist es mir möglich, wieder die Treppe zu steigen und im Auto zurück nach Dresden zu fahren. Ich danke Ihnen für Ihre Freundlichkeit."

„Auch ich, gnädige Frau, habe Ihnen meinen Dank auszusprechen. Wir Amerikaner sind praktische Menschen. Vom Dank kann man nicht leben, Bezahlung haben Sie abgelehnt. Sie haben ein photographisches Atelier, haben drei Kinder. Ein Beweis, daß Sie Geld verdienen müssen. Wir werden uns auf eine entsprechende Art und Weise erkenntlich zeigen."

„Man hilft doch gern", sagte Goldköpfchen. „Sie machen zu viel Aufhebens von dieser kleinen Freundlichkeit."

„O nein, wir würden keine Fremden in unser Haus lassen; aber man hört viel, daß das deutsche Volk sehr gutherzig ist. Sie desgleichen, gnädige Frau. Sie sollen es nicht bereuen."

„Denken Sie, wenn Sie wieder in Ihrer Heimat sind, an diese kleine Gefälligkeit, und wenn einstmals ein Deutscher an Ihre Tür klopft, einer, der in Not geriet, so vergelten Sie das in gleicher Weise. Das wäre dann des Dankes genug."

„O nein, Mr. Walker denkt anders. Wir haben in Dresden einen amerikanischen Klub, wir haben unsere schönen Klubräume. In jeder Woche finden sich Amerikaner dort zusammen. Wenn ich heute abend im Klub weile, werde ich Ihrer gedenken, Frau Wendelin. Wenn auch Ihr Städtchen ein wenig abseits liegt, meine Landsleute haben alle eigene Wagen. Es wird Ihr Schade nicht gewesen sein. Wir werden Ihr Atelier in der Brückenstraße nicht vergessen. Geben Sie mir bitte Ihre Geschäftskarte, nicht eine, nein, eine ganze Anzahl."

Ein freudiger Schreck durchlief Bärbel. Schon damals, als sie bei Brausewetter lernte, hatte sie von dem amerikanischen Klub gehört. Des öfteren war sie an dem schönen Hause vorübergegangen, das allabendlich strahlend hell erleuchtet war. Sie wußte, daß gerade nach Dresden ständig Amerikaner kamen, die die Kunstwerke der Stadt, die Museen besichtigten oder die Hochschulen besuchten. Wenn Herr Walker dort ein gutes Wort für sie einlegte, war es ziemlich sicher, daß sie dadurch Verdienst bekam. Es brauchten nicht gleich Aufnahmen zu sein, o nein, sie würde Bilder entwickeln, Abzüge machen und auch auf diese Weise lohnende Arbeit erhalten.

Nun waren sie gegangen. Bärbel schaute dem davonfahrenden Wagen, dessen Motor heute wieder instand gesetzt war, lange nach. Sie mußte lächeln. Durch ein Mißverständnis war ihr diese schöne Aussicht geworden.

„Siehst du, Jürgen", sagte sie beim Mittagessen, „nun hast du wahrscheinlich deiner Mutter einen großen Verdienst herangebracht.

Unsere unerwarteten Besucher wollen der Mutti allerlei Leute herschicken, die sich photographieren lassen."

„Und ich habe dir auch 'nen großen Verdienst 'rangebracht", sagte Hermann. „Der Mann, der so viel gequasselt hat, sagte doch auch, er kommt zu dir."

„Ja, meine geliebten Kinder, ihr helft eurer Mutti nach jeder Richtung hin."

„Erna will auch der Mutti einen Verdienst verschaffen", lispelte das kleine Mädchen.

Goldköpfchen umschlang ihre Drei und blickte auf ihre Blondköpfe nieder. Diese Schätze waren ihr geblieben. Die Kinder hingen mit rührender Zärtlichkeit an ihrer Mutter. Da sie den Vater entbehren mußten, war es ihre Aufgabe, ihnen den Ernährer zu ersetzen, ihnen an Liebe alles zu schenken, was das Mutterherz zu geben vermochte.

Am Nachmittag schlug die Glocke an. Das Mädchen meldete, Herr Hampel sei gekommen, er wünsche Frau Wendelin zu sprechen.

Hermann schnappte mehrmals nach Luft. Vorhin war er draußen auf dem Korridor gewesen. Hätte er sich dort etwas länger aufgehalten, wäre das Unglück abzuwenden gewesen. Nun war es zu spät.

„Mutti, könnte man nicht sagen, du bist nicht da? Sieh mal, du bist doch gerade bei uns, da ist es keine Lüge, wenn du sagst, du bist nicht im Atelier?"

Bärbel hatte bereits die Weisung gegeben, Herrn Hampel ins Wartezimmer zu führen. Hermann stellte sich vor die Tür mit ausgebreiteten Armen.

„Mutti, das is doch ein böser Mann!"

„Nanu, Hermann, hast du schon wieder Angst? Herr Hampel wird ganz gewiß nach dir fragen."

Bärbel ging hinüber, und schon zwei Sekunden später riß Hermann die Mütze vom Haken und lief die Treppe hinunter. Wenn Hampel nach ihm verlangte, wollte er nicht daheim sein.

Bärbel war dagegen voll freudiger Erwartung. Wenn Herr Hampel seinen Weg heute zu ihr nahm, kam er bestimmt in keiner bösen Absicht. Wahrscheinlich ließ sich durch die heutige Aussprache alles klären, und der Photograph zog seine Anzeige zurück.

Obwohl Bärbel den Besuch mit ruhigen, freundlichen Worten begrüßte, war Hampel sehr verlegen. Kaum vierzehn Tage waren es her, daß er jedem seiner Bekannten von Frau Wendelins Machenschaften, von ihrem schlechten Charakter, von ihren schlimmen Jungens und anderes erzählte. Er sorgte sogar dafür, daß die ahnungslose Frau in einen schlimmen Ruf kam. Die Andeutungen, die Herr von Sasseneck bei seinem Besuch gemacht hatte, wurden von ihm weitergetragen, kleine Erlebnisse verändert, kurzum, er suchte Frau Wendelin nach jeder Richtung hin zu schädigen. Er haßte die neue Konkurrenz, die Frau, die es gewagt hatte, ein photographisches Atelier zu errichten, haßte deren Kinder, die von ihr angehalten wurden, ihm die Existenz zu untergraben.

Dann war das Unglück auf dem Teich gekommen. Zunächst hatte Herr Hampel noch gehofft, daß er für Hermann Wendelin ein Fremder sei. Als er aber erfuhr, daß der Knabe genau gewußt hatte, wen er rettete, als sich der kleine Held keinen Augenblick besann, den Mann, der ihn verprügelt hatte, aus dem eisigen Wasser zu ziehen, dabei sein eigenes, junges Leben furchtlos wagte, waren über den Photographen tiefe Beschämung und heftige Reue gekommen. Jetzt erst gab er sich die Mühe, nähere Erkundigungen über die junge Witwe einzuziehen, und fast überall hörte er das Lob der goldblonden Frau. Er hörte von ihrem traurigen Schicksal, von dem schweren Los, das sie getroffen hatte. Allgemein rühmte man den Gatten, der sein Leben für andere hingegeben hatte. Und in ganz Heidenau war schließlich nur noch eine Stimme, daß Frau Wendelin und ihre Kinder prachtvolle Menschen wären.

Frau Lohmann, der natürlich alle die Lobreden auch zu Ohren kamen, versuchte anfangs, die unbesonnenen Streiche der Knaben in den Vordergrund zu stellen. Immer wieder sprach sie davon, daß es doch nur auf Antrieb der Mutter geschehen sei, wenn Hermann die Schilder der Konkurrenz verklebte oder Zettel mit abfälligen Urteilen über die Konkurrenz schriebe. Sie fand keinen rechten Beifall mehr. Einer nach dem anderen meinte, daß er ganz andere Äußerungen über Frau Wendelin gehört habe, und daß man der stillen Frau derartiges nicht zutrauen könnte.

Dann war weiter bekannt geworden, daß der berühmte Mediziner, Geheimrat Rose, durch das Atelier Wendelin seine Geschenke habe photographieren lassen. Man zeigte die Zeitschriften herum, in denen die Bilder veröffentlicht worden waren.

Auch Forstrat Schmeling, ferner der Direktor der Maschinenfabrik, in der Harald beschäftigt gewesen war, und viele andere setzten sich mit Nachdruck für Frau Wendelin ein, und die Stimmen der Gegner schwanden mehr und mehr.

Das alles war Herrn Hampel nicht unbekannt geblieben. Es war kein leichter Gang für ihn, Frau Wendelin aufzusuchen. Schon einmal hatte er sich hier eingefunden; damals schien niemand daheim gewesen zu sein, denn dreimal hatte er vergeblich geklingelt.

Er mußte sich erst einige Male räuspern, ehe er die Einleitung fand.

„Ich bin Ihrem Sohne großen Dank schuldig, Frau Wendelin. Ohne sein mutiges Eingreifen stände ich heute gewiß nicht vor Ihnen, und auch meine kleine Tochter wäre nicht mehr unter den Lebenden. Ich bitte, vergessen Sie, was gewesen ist.“

„Ich freue mich herzlich, daß Sie den Weg zu mir fanden, Herr Hampel. Ich weiß, es stand manches zwischen uns. Da Sie nun hier sind, ist es wohl das Richtigste, wir sprechen uns einmal gründlich aus. Ich habe die ehrlichste und beste Absicht, mit meinen Kollegen in Heidenau in Frieden und bester Kameradschaft zu leben. Glauben Sie es mir, Herr Hampel. Sie haben gedacht, als Sie die Anzeige bei der photographischen Innung einreichten, – –“

„Äh – die Anzeige habe ich bereits zurückgezogen. Ich war falsch unterrichtet.“

Goldköpfchens Augen leuchteten auf. „Das freut mich herzlich, dafür danke ich Ihnen vielmals, Herr Hampel. Seien Sie versichert, meine Buben werden derartige unüberlegte Streiche nicht wieder begehen. Hermann hat in dem Glauben gehandelt, mir zu helfen; er wußte nicht, was er damit tat. Doch nun hat mein Junge, der diese Mißverständnisse schuf, dafür gesorgt, daß sie wieder behoben sind. Sie sagten, Herr Hampel, Sie sind uns Dank schuldig. Nun gut, so kleiden Sie diesen Dank in die Worte: auf gute Kameradschaft.“

„Frau Wendelin, Sie sind eine prächtige Frau!“

Bärbel wurde sehr ernst. „Ich stehe im Kampf ums tägliche Brot, Herr Hampel. Der Ernährer wurde uns genommen, ich habe drei Kinder, die ich zu tüchtigen Menschen erziehen will. Auch Sie haben für Ihre Familie zu sorgen. Das ist nicht leicht in der heutigen Zeit. Wir wollen trotzdem hoffen, daß für uns alle drei, die wir unsere Ateliers eröffnet haben, soviel Arbeit vorhanden ist, daß wir in Frieden nebeneinander schaffen und wirken können, einer dem anderen freundlich gesinnt, einer dem anderen in der Verlegenheit helfend, ihm beistehend, wenn es einmal nottut. Ich habe die beste Absicht dazu.“

„So soll es in Zukunft sein, Frau Wendelin, sogar noch mehr! Sie sind eine Anfängerin, ich werde Sie empfehlen. Ja, Frau Wendelin, wahrhaftig, ich will es selbst tun.“

„Ich danke Ihnen herzlich, Herr Hampel, doch ich glaube, Sie haben Ihre Kundschaft. Möge sie Ihnen erhalten bleiben! Ich hoffe, daß auch ich meinen Kundenkreis finden werde. Es würde mich wirklich bedrücken, wenn Sie, aus einem falschen Gefühl der Dankbarkeit heraus, mir in dieser Weise helfen wollten.“

„Und doch verspreche ich es Ihnen. – Ich habe vieles an Ihnen gut zu machen, Frau Wendelin. Und nun möchte ich noch Ihren Hermann sprechen.“

„Ich will ihn sogleich rufen.“

Frau Leuschner gab Bescheid, daß Hermann fortgegangen wäre. Da mußte Bärbel lächeln. Dieser Knabe, der ohne Zögern heldenhaft sein junges Leben aufs Spiel setzte, fürchtete sich vor Auseinandersetzungen mit Männern, denen er einmal einen kleinen Schabernack gespielt hatte. Wie merkwürdig war das!

„Ich hoffe, daß ich Ihren Hermann noch einmal treffe“, sagte Hampel. „Den prächtigen Jungen muß ich mir einmal recht genau ansehen. Fürs erste habe ich meinem jungen Lebensretter diesen süßen Kasten mitgebracht. Ich glaube, Kinder sind immer für Süßigkeiten zu haben. Aber persönlich muß ich ihm noch einmal die Hand drücken.“

In diesem Augenblick wurde Frau Wendelin ans Telephon gerufen. Es war Geheimrat Rose aus Loschwitz, der seine Rückkehr von der Reise meldete.

„Es wird mir eine sehr große Freude sein, Herr Geheimrat. Morgen wollen Sie kommen? – Jawohl, ich bin daheim. Eine Aufnahme? Oh, Herr Geheimrat, ich weiß von Brausewetter her, wie ungern Sie sich photographieren lassen. – Trotzdem? – Ja, Herr Geheimrat, ich bin daheim und freue mich herzlich auf Ihr Kommen.“

Schweigend hatte Herr Hampel der Unterhaltung gelauscht. Ja, wenn Frau Wendelin solche Freunde hatte, brauchte sie seine Fürsprache nicht. Dieser berühmte Mann, den die ganze gebildete Welt kannte, kam zu der jungen Photographin nach Heidenau. Da mußte es wohl mit Frau Wendelin eine ganz besondere Bewandtnis haben.

„Ich gönne es Ihnen von Herzen“, sagte Herr Hampel, „jetzt gönne ich es Ihnen wirklich. Seitdem ich persönlich mit Ihnen gesprochen habe, weiß ich, daß alle die im Recht sind, die mir sagten, die goldblonde Frau Wendelin ist eine prachtvolle Frau! Ich gönne es Ihnen, Frau Wendelin, ich möchte Ihnen wünschen, daß Sie durch Ihre Kinder für alles entschädigt werden, was Ihnen das Schicksal an Leid schuf."

Bärbel drückte Herrn Hampel herzlich die Hand. „Noch einmal: auf gute Kameradschaft! Sollten Sie Herrn Rotmühl sehen, so legen Sie auch bei ihm ein gutes Wort für mich ein. Ich meine es ehrlich. Sie sollen sich über mich nicht wieder zu beklagen haben."

„Von seiten Rotmühls werden Ihnen keine Unannehmlichkeiten kommen. Der hat die Sache nicht so ernst genommen. – Aber, wahrhaftig, Frau Wendelin, ich war furchtbar verärgert, außerdem habe ich Sie nicht gekannt. Nun wird das anders."

Nochmals schüttelte man sich die Hände; dann verließ Herr Hampel das Atelier. Als er aus dem Hause trat, sah er gegenüber an einem der Schaufenster den kleinen Hermann stehen. Mit schnellen Schritten eilte er über die Straße.

„Da habe ich dich ja!"

Ein schlanker Knabenkörper flog herum, in zwei Augen stand unverhüllter Schreck; dann eilte Hermann wie ein Besessener die Straße hinab, stieß fast eine daherkommende Frau um, die einen Korb trug, lief weiter und immer weiter, bis er außer Sehweite gekommen war.

„Verflixt", sagte er heftig atmend. „Fast hätte er mich erwischt."

Auf Umwegen ging er heim.

„Wo steckst du denn, Hermann", rief ihm Frau Leuschner beim Eintreten zu. „Herr Hampel hat nach dir gefragt."

„Na, so bequem mache ich es ihm nicht"

„Er kommt nochmals wieder."

„Heute?"

„Nein, das heißt, ich weiß es nicht."

„Dunnerschlag!"

„Schau einmal, was er dir gebracht hat.“ Mit diesen Worten schob Frau Leuschner Hermann den großen Kasten Konfekt zu. „Weil du sein Lebensretter gewesen bist.“

„Der Hampel?“

„Ja, mein Junge, er ist gekommen, um sich zu bedanken.“

Langsam und bedächtig öffnete der Knabe den großen Kasten. Neugierig kam auch Jürgen herbei. Er streckte begehrlich die Hand nach einem Konfektstück aus.

„Halt, du Bengel, ich bin der Lebensretter!“

Trotzdem nahm Hermann kein Stück heraus. Mißtrauisch betrachtete er das feine Konfekt. Ganz plötzlich hielt er Jürgen den Kasten hin.

„Du darfst vier Stücke essen, von jeder Ecke eins.“

Das ließ sich der kleine Mann nicht zweimal sagen. Obwohl er die größten wählte, ließ es Hermann ruhig geschehen. Er selbst nahm kein einziges Stück, er wartete geduldig, bis Jürgen die Pralinen verspeist hatte.

„So ist es recht“, lobte Frau Leuschner. „Anderen auch etwas abgeben. Du bist ein guter Junge, Hermann.“

Hermann brachte seine Lippen an Frau Leuschners Ohr. „Ich habe ihn erst mal probieren lassen. Vielleicht hat sie der Hampel vergiftet. Wenn es ihn jetzt nicht im Bauche zwickt, esse ich auch.“

„Aber, Hermann!“

„Der Hampel ist ein Ekel, ich traue ihm nicht.“

Wenige Augenblicke später erschien die Mutter im Zimmer.

„Du darfst noch nicht essen“, sagte Hermann, „Erst müssen wir warten, ob der Jürgen vergiftet ist.“

Da mußte sich Goldköpfchen wieder einmal bemühen, dem Knaben das Mißtrauen gegen Hampel auszureden. Doch das war nicht ganz leicht.

„Nee, nee, Mutti“, meinte Hermann. „Du hast ja nicht gesehen, wie er vorhin über die Straße geschossen kam. Beinahe hätte er mich gepackt. Na, der hätte wieder gekeilt!“

Daß sich Hampel tatsächlich nur für die heldenhafte Tat bedanken wollte, leuchtete Hermann nicht ein. In seinen Augen war eben nichts Besonderes geschehen. Dem Hampel traute er nicht!

Am nächsten Morgen kam noch ein Besuch. Es war Frau Lohmann. Bärbel hatte anfangs ein recht unangenehmes Gefühl; bald aber merkte sie, daß auch Frau Lohmann heute ganz anders war wie einstmals.

„Sie haben von Mauselchen ein entzückendes Bild gemacht, ich brauche noch einige Abzüge. Und dann, – Frau Wendelin, wollen Sie mich noch einmal aufnehmen?“

„Gewiß, gnädige Frau“, klang es kühl zurück.

Schon die erste Aufnahme gelang trefflich.

„Seien Sie mir nicht böse, Frau Wendelin. Ein jeder Mensch hat seine Schwächen und Fehler. Ich war damals reichlich nervös.“

Bärbel begriff zwar nicht, warum auch Frau Lohmann plötzlich gar so liebenswürdig war. Sie wußte ja nicht, daß sie die Schwester Hampels vor sich hatte. Doch freute sie sich, daß sich alle Mißverständnisse wieder beseitigen ließen.

Gegen Mittag erschien Geheimrat Rose. Mit jugendlichem Feuer begrüßte er Bärbel.

„Gefallen haben Sie mir allezeit, Frau Bärbel, doch heute ganz besonders. Frohe Augen sehe ich, das ist recht. Auch ich habe mich aus den Bergen prächtig zurückgefunden. Nun wollen wir frohgemut der Zukunft entgegensehen. Und wie geht es den Kindern?“

„Danke vielmals, Herr Geheimrat, die Buben kommen bald aus der Schule, dann will ich Ihnen die Rangen zeigen.“

„Von Ihrem Hermann habe ich viel Gutes gehört, muß ein prächtiger Bursche sein, – vielversprechend!“

„Sie haben alle drei das gute Herz ihres Vaters."

„Und was haben sie von der Mutter?" fragte er verschmitzt lächelnd.

„Wenn sie werden wie ihr Vater war, bin ich vollauf zufrieden, Herr Geheimrat."

Der alte Herr blickte sich um. „Sehr hübsch ist es hier, behaglich und gediegen. Man merkt sogleich die weiche Frauenhand. Gar nicht wie ein kaltes Atelier. Ich glaube, ich komme öfters zu Ihnen, Frau Bärbel."

„Aber nicht ins Atelier", erwiderte Bärbel lächelnd. „Wie glücklich würde es mich machen, Herr Geheimrat, wenn Sie mich in meiner Wohnung aufsuchen wollten. Eigentlich darf ich darum gar nicht bitten."

„O doch, Frau Sonnenschein."

„Ich? – Ich Sonnenschein?"

„Ja, durch die dunklen Wolken, die damals, als ich das letztemal mit Ihnen sprach, vor Ihnen hingen, bricht schon wieder Ihr sonniges Gesicht hervor. Und so soll es in Zukunft bleiben, Frau Bärbel. Ihre Kinder müssen in heller Sonne heranwachsen. Und schließlich, ein alter, einsamer Mann, eine Blume, die dem Vertrocknen nahe ist, sucht auch noch einmal die Sonne. – Darf ich kommen?"

„Immer, Herr Geheimrat!"

„Ich danke Ihnen, Frau Sonnenschein. Ihre liebe Bekanntschaft bereichert mein Leben aufs neue. Lassen Sie die Alten und die Jungen teilhaben an Ihrer inneren Zufriedenheit, lassen Sie uns in Ihrem Heim eine Stätte des Friedens und der Freude sehen."

Die Aufnahme des Geheimrats wurde gemacht. Der alte Herr ließ sich sogar in zwei verschiedenen Stellungen photographieren. Dann gab es noch ein kleines Plauderstündchen, das ganz plötzlich von dem Lärmen des heimkehrenden Jürgen unterbrochen wurde.

„Mutti!" Jürgen stürmte ins Atelier. In seiner Aufregung sah er den Geheimrat nicht. „Er hat ihn doch erwischt!"

„Jürgen, ich habe Besuch."

„Guten Tag auch! – Mutti, festgehalten hat er ihn. Der Hermann hat zwar feste um sich geschlagen. Da bin ich rasch weggelaufen. Ich habe mich erst gar nicht mehr umgesehen. – Er hat ihn erwischt!“

„Möchtest du nicht recht artig zuerst guten Tag sagen, Jürgen? Das ist der gute Onkel Geheimrat.“

„Ach so, der mit den vielen Blumen in der Stube. – Guten Tag!“

„Und du bist der kleine Jürgen Wendelin?“

„Ja, der bin ich. – Mutti, ob er ihn feste verbimst hat?“

„Mutti, – Mutti, –“ das war Hermann. Jürgen lief ihm entgegen.

„Hast du feste Keile gekriegt?“

„Mutti! – –“

Zum zweiten Male mußte die Mutter ermahnen. Lächelnd betrachtete der Geheimrat den erregten Knaben, der mit übersprudelnden Worten davon erzählte, daß man auf der Straße von dem Hampel überfallen worden sei.

„Au Backe, habe ich mir gedacht, nu geht es los! Ich habe ihn gezwickt, da hat er mich ganz festgehalten. Und dann hat er mich gar nicht gehauen. Dann hat er wieder von dem ollen Quatsch angefangen. Aber nett ist er gewesen, – gar nicht böse. Nun ist er doch froh, daß ich ihn aus dem Wasserloch gezogen habe. – Was schenken will er mir auch.“

„Du hast ja schon eine große Schachtel Konfekt bekommen.“

„Das habe ich ihm ja auch gesagt. – Aber dann habe ich doch gemeint, wenn ich zwei aus dem Wasserloch geholt habe, muß ich auch zwei Sachen bekommen. – Oh, da habe ich mir was wünschen dürfen.“

Geheimrat Rose hatte sich schmunzelnd in den Sessel zurückgelehnt.

„Was hast du dir denn gewünscht, mein Junge?“ fragte er.

Hermann musterte den Gelehrten etwas nichtachtend. „Ich sage es dir später, Mutti.“

„Nein, nein, Hermann, sage es mir nur sofort.“

„Die blaue Kette, die bei Pfeiffer im Schaufenster steht."

„Eine Kette?"

„Nu ja, die mit den großen blauen Perlen. – Weißt du, Mutti, der Lederstrumpf hat eine rote Kette um den Hals, ich habe keine. Das ist dann das Zeichen der Würde. – Ich muß die blaue Kette haben, Mutti."

Das Lachen des Geheimrates unterbrach den Bericht des Knaben.

Hermann zog die Stirn kraus.

„Mein Junge", lachte Geheimrat Rose, „also auch du spielst Indianer? Das habe ich in meiner Jugend auch getan. Dann bin ich auch einmal zu den richtigen Indianern gekommen, habe mit manchem Häuptling gesprochen. Ich habe daheim so manchen echten Indianerschmuck."

Mitleidig zuckte Hermann die Schultern. „Mit den richtigen Indianern kann man doch nicht reden, die sprechen doch Indianisch."

„Wie wäre es, mein Junge, wenn du mit deiner Mutti am kommenden Sonntag zu mir nach Loschwitz kämst. Dann will ich dir manches von den Indianern zeigen und erzählen. Dann, wenn du brav bist, schenke ich dir einen echten Häuptlingsschmuck."

„Mutti, ist das Schwindel?"

„Aber, Hermann!"

„Einen echten Indianerschmuck, – einen Schmuck für den Wahehe-Häuptling?"

Damit war der Bann gebrochen. Hermann wich nicht mehr von der Seite des Geheimrates. Dutzende von Fragen wurden gestellt. Alles wollte der Knabe wissen, und wenn Bärbel eine Zwischenbemerkung wagte, sagte Hermann bittend:

„Mutti, liebe Mutti, sei still, ich muß noch so viel hören."

Er war immer näher an den alten Herrn herangerückt, und schließlich stieg er voller Begeisterung auf dessen Knie.

„Und die Wahehes, – kennste die auch?"

„Sonntag erzähle ich dir mehr, nun muß ich gehen."

„Mutti, kann er nicht mit uns essen? Ich gebe ihm mein Fleisch!"

Bärbel war vollkommen ausgeschaltet. Hermann hing sich in den Arm des Geheimrates, hatte, als der alte Herr schon in Mantel und Hut dastand, noch hundert Fragen, begleitete schließlich den Geheimrat die Treppe hinunter und wollte ihn bis zum Bahnhof bringen.

„Geh hinauf, mein Junge, die Mutti wartet mit dem Essen."

„Und der Skalp, den er am Gürtel hat, ist der wirklich von einem Menschenkopf oder vom Friseur?"

„Das alles erzähle ich dir am Sonntag."

„Kannst du mir auch einen richtigen Skalp schenken? – Hast du mal gesehen, wie sie einen Bumerang werfen?"

„Am Sonntag, mein Junge. Jetzt sage ich nichts mehr. – Nun gehe hinauf."

„Weißt du auch einen richtigen Namen? Wie heißt denn so ein Häuptling?"

„Der rote Falke, mit dem habe ich gesprochen."

„Hurra, nu bin ich auch der rote Falke! Ist der braunrot oder noch röter als sonst die Indianer sind?"

„Jetzt Schluß, die Mutti wartet."

Das Fragen ging noch weiter; doch der Geheimrat legte dem Knaben die Hand auf den Mund, zum Zeichen, daß er nicht mehr antworten würde. Da mußte sich Hermann zufriedengeben. Doch oben angekommen, hatte die Mutter keine Ruhe mehr. Selbst im Traum noch erzählte Hermann von der blauen Kette, an der er den roten Falken aus dem Teich ziehen würde.

Und an jedem Morgen war seine erste Frage: „Mutti, fahren wir Sonntag auch wirklich zum Freund des roten Falken?"

Beinahe wäre aus dieser Fahrt nichts geworden. Am Freitag und am Sonnabend kam eine Menge Amerikaner nach Heidenau hinaus, die von Frau Wendelin eine Unmenge Aufnahmen, die sie gemacht hatten, entwickelt haben wollten. Dann wurden Gruppenbilder verlangt. Frau Wendelin hatte alle Hände voll zu tun, um allen Wünschen gerecht zu werden.

Bis spät abends arbeitete die junge Witwe in der Dunkelkammer. Hermann kam mehrmals an die Tür.

„Mutti, wirste auch fertig? Wir können doch morgen fahren?"

Bärbel schob hastig den Riegel vor die Tür, da die Gefahr bestand, daß der erregte Knabe zu ihr hereinkommen werde. Dann waren die Aufnahmen verdorben. Wie freute sie sich über die viele Arbeit. Und wieviel liebe Gedanken gingen zwischendurch hin zum Hügel des Gatten.

Es war gegen elf Uhr abends, als Bärbel endlich die letzte Arbeit beendet hatte. Sie war recht ermüdet. Sie hatte zwischendurch nach den Kindern sehen müssen. Die durften nicht vernachlässigt werden. Viele Pflichten lagen auf ihren jungen Schultern, doch diese Pflichten bereiteten ihr Freude. Sie hätte es nicht für möglich gehalten, daß sie jemals mit so großer Lust und Liebe tätig sein könnte. Sie hatte geglaubt, daß mit dem Tode des Gatten alles Licht aus ihrem Leben entschwunden sei. Nun zeigte es sich, daß sie auch im Glück ihrer drei Kinder Frieden und Beruhigung fand.

9. Kapitel
Der Segen der Arbeit

„Du bist doch die Tapferste von uns, Bärbel. Weißt du noch, wie wir uns alle trafen, nachdem wir zehn Jahre von der Schule fort waren? Jeder von uns mußte aus seinem Leben berichten, wir hörten viel Schlimmes, viel Gutes. Und wenn wir wieder einmal alle zusammenkommen werden, hat sich abermals der Lebensweg jeder Einzelnen von uns geändert. Du, Bärbel, wirst trotzdem den Kopf nicht hängen lassen. Du hast dir eine

Existenz aufgebaut, hast, wie du mir soeben sagtest, so viel zu tun, daß du es nicht immer allein schaffen kannst."

„Darüber bin ich einerseits sehr froh, Gabriele. Aber die viele Arbeit hat auch für mich ihre Schattenseiten. Ich fühle mich den Kindern gegenüber ein wenig schuldig. Ich glaube, ich vernachlässige bei meinem Existenzkampf meine Mutterpflichten."

Gabriele Langen, eine der Schulfreundinnen Bärbels, schüttelte den Kopf. „Ich sehe deine drei Kinder aufwachsen, ganz reizende Rangen, frisch, übermütig und herzensgut. Wenn alle Mütter solche Kinder hätten, möchte ich sogar umsatteln und Lehrerin werden. Es müßte eine Lust sein!"

„Ich denke, du fühlst dich wohl in deinem Beruf?"

„Ja, Bärbel, ich bin durchaus zufrieden. Ich habe meine hochinteressante Arbeit als Assistentin im Röntgenlaboratorium, ich bin mit dem Los, das ich mir schuf, durchaus zufrieden. Es macht mich stolz, sagen zu können, daß ich allein den Weg durchs Leben finde und dabei zufrieden bin. Drücke nur nicht den Kopf zwischen die Schultern, Bärbel. Es gibt überall Glück und Leid im Leben. Du weißt, auch ich habe nicht immer das seelische Gleichgewicht gehabt. Aber das macht nichts. Kampf, Leid, Entsagung stählen Herz und Seele. Auch du hast dich allezeit tapfer gehalten und prächtig durchgerungen."

„Ja, Gabriele, ich habe es versucht und es ist mir gelungen. Natürlich bleibt die Lücke in meinem Leben. Und darum bin ich froh, daß ich so viel Arbeit habe. Eigentlich ist es wunderbar, bei den heutigen schlechten Zeiten, doch mein einstiger Fremdenbesuch am Silvesterabend hat mir außerordentlich genützt. Denke nur, es vergeht kaum eine Woche, in der ich nicht ein ganzes Paket Amateuraufnahmen zum Entwickeln bekomme. Jeden Augenblick hält ein Auto vor meinem Hause, und auch Geheimrat Rose bin ich zu großem Danke verpflichtet. Wie für eine liebe Tochter sorgt er für mich. So manches habe ich durch ihn bekommen, und wenn ich auf die beiden letzten Monate zurückblicke, mag ich es gar nicht glauben, daß mein Atelier, das im Dezember eröffnet wurde, innerhalb von vier Monaten so gut besucht ist."

„Du leistest gute Arbeiten, Bärbel, aber dazu kommt noch etwas anderes. Wer dich kennenlernt, wird von deinem Zauber gefangengenommen. So ist es uns allen schon in der Schulzeit ergangen. Wir hatten dich alle herzlich lieb und haben dich lieb behalten. Allen denen, mit denen du in Berührung kamst, ist es wohl ebenso ergangen. Unser Goldköpfchen hat durch seine Güte alle Gegner bezwungen und hat sich seinen Weg selbst gebahnt."

„Ach, Gabriele, was fällt dir ein, so zu sprechen. Rate mir lieber, wie ich es mache, daß der Tag einige Stunden länger ist. Gerade gestern hat mir Jürgen gesagt, daß ich früher viel mehr mit ihnen gespielt habe. Es ist ein Vorwurf für mich, Gabriele. Ich möchte mich meinen Kindern mehr widmen, darf aber auch meine Arbeit nicht liegen lassen."

„Das Entwickeln und Kopieren der Amateuraufnahmen könnte doch irgendeiner weniger geübten Kraft überlassen werden, Bärbel."

„Ich wage es nicht, eine Hilfe einzustellen, liebe Gabriele. Ich weiß ja nicht, ob der Zuspruch so rege bleibt. Eine Hilfskraft ist teuer."

„Bärbel!" Gabriele schlug der Freundin auf die Schulter. „Gutherziges Goldköpfchen, ich glaube, wir können zwei Fliegen mit einer Klappe schlagen."

Fragend blickte Bärbel die Freundin an.

„Ich muß dir wieder einmal von einem traurigen Menschenschicksal berichten, Bärbel. – Ach, daß ich daran nicht eher dachte. Ich habe eine Kollegin, die erzählt uns oft von Karla Schilling. Auch sie hat Photographie gelernt. Anfangs wollte sie lieber Röntgenschwester werden, doch die Mutter hat es mit ihrer kleinen Pension nicht durchhalten können. Sie hat in Dresden eine Lehrstelle gefunden und war im Oktober fertig. Bis heute hat sie noch keinen Posten. Das wäre sonst gar nicht so schlimm; doch im Januar ist ihr die Mutter gestorben, mit der sie zusammen lebte. Nun hat sie nichts, da die kleine Pension wegfällt.

Meine Kolleginnen berichteten, daß ein Möbelstück nach dem anderen verkauft wird. Fräulein Karla ist so verzweifelt, daß sie sich nicht aufraffen kann. Ein Mensch, der vor dem Leben Angst hat, der den Kampf damit nicht aufnehmen will oder kann; für jeden Zuspruch ist Fräulein Schilling vorläufig unzugänglich. Wenn sie Arbeit hätte, – Arbeit hilft über vieles hinweg."

„Ja, Arbeit", sagte Bärbel leise. „Wer arbeitet, der verzweifelt nicht."

„Ob ich mal mit Fräulein Schilling rede? Vielleicht kannst du sie ein wenig aufrichten. Du, die du dich selbst so tapfer im Leide zeigtest, du dürftest die rechten Worte für sie finden, dürftest sie verstehen."

„Sie ist ganz allein?"

„Ja, seit sie die Mutter hingeben mußte."

„Ich weiß zwar nicht, ob ich ständig für sie genügend Beschäftigung habe. Doch wenn ich ihr im Augenblick helfen kann, will ich es tun. – Arbeit, ja Arbeit, ich selbst habe es erfahren, welch starken Trost emsige Arbeit gibt."

„Ach, Bärbel, – du bist immer für andere da! Ich spreche mit Karla Schilling. Gleich morgen besuche ich sie. Dann komme ich in den nächsten Tagen am Abend einmal zu dir, mit ihr. Vielleicht könnt ihr etwas festmachen. Es wird freilich nicht leicht sein, die Verzweifelte zu diesem Schritt zu bewegen."

„So bringe sie mir recht bald, liebe Gabriele. Jede Stunde, die man nur seinem Leid, seinem Unglück lebt, wiegt schwer und kann den Menschen so niederdrücken, daß er das Aufraffen ganz verlernt."

„Du sagtest vorhin, du leidest in dem Bewußtsein, dich deinen Kindern zu oft entziehen zu müssen. Fräulein Schilling kann dir manche Arbeit abnehmen, und vielleicht findet ihr Gefallen aneinander. Du wirst sicherlich die rechten Worte für ihre kranke Seele sprechen."

Nachdem Gabriele Langen gegangen war, blickte Bärbel noch eine Weile sinnend vor sich nieder. Wieder ein trauriges Menschenlos. Ein Schicksal, das ihr ins Herz schnitt. Ein junges Mädchen, allein in der Welt stehend und vergeblich nach Arbeit suchend. Im Augenblick hätte Bärbel manche Arbeit für eine Helferin gehabt. Warum sollte sie es also nicht einmal versuchen? Und wenn sie nur ein wenig Trost in die Seele der Vereinsamten goß, es würde gewiß nicht vom Übel sein.

Karla Schilling! Wie merkwürdig! Karl Schilling, Karlos Schilling.

Bärbels Gedanken schweiften zurück in die Vergangenheit. Wie lange war es her, daß sie Karl Schilling, den Eleven, kennengelernt hatte? Merkwürdig, daß sie ihn bis heute nicht vergessen hatte. Vierzehn Jahre war sie alt gewesen, als sie für den Eleven schwärmte, der auf dem Gute Kortentin beschäftigt war. In ihrem alten Tagebuch war manches über ihn niedergeschrieben. Auch das Stück Blutwurst, das er ihr schenkte, das sie wochenlang in einem Blechkasten aufbewahrt hatte, kam ihr jetzt wieder in den Sinn. – Glückliche Jungmädchenzeit! Wieviel Freude war schon durch ihr Leben gegangen! Welch eine glückliche Jugend lag hinter ihr. Die geliebten Eltern, die hübsche Schulzeit. Sie war zwar niemals gern zu Fräulein Gregor in den Unterricht gegangen, doch in der Erinnerung war es trotzdem eine wonnige Zeit gewesen. – Und dann Bruder Joachim, der seinen Schulfreund ins Elternhaus mitbrachte. Sie wußte noch ganz genau, wie Harald Wendelin zum ersten Male nach Dillstadt gekommen war. Er hatte sich schon immer mit dem kleinen Mädchen beschäftigt, doch für Bärbel war Harald nur ein Streber gewesen, und junge Leute, die fleißig lernten, mißfielen dem Kinde.

Weiter und immer weiter wanderten die Gedanken. Die übermütige Backfischzeit in Dresden bei der guten Großmutter. Auch hier wieder das häufige Zusammentreffen mit ihrem Harald, der schon damals fest entschlossen gewesen war, den trotzigen Backfisch einstmals zu seinem Weibe zu machen.

Und an die Backfischzeit schloß sich die Lehrzeit. Auch ihr hatte im Anfang davor gegraut. Welch eisiger Schreck war ihr durch die Glieder gefahren, als sie ausrechnete, daß sie über tausendmal frühmorgens zu Herrn Brausewetter gehen müßte. Wie schwer war ihr mancher Tag dort geworden und wie dankbar war sie heute, daß sie etwas Ordentliches gelernt hatte.

Und dann – – Bärbel stand auf und schaute durch das Fenster hinaus zum stillen Friedhof. Glück, – Glück – Glück ohne Ende!

Sie strich sich mit der Hand über die Stirn. „Karla Schilling. Sie soll zu mir kommen. Es ist mir, als ob mich das Schicksal an all das Schöne und Herrliche mahnte, was ich seit jenen Tagen, in denen ich Karlos Schilling kennenlernte, bis heute genossen habe. – Wie ein Ruf ist es, und ich will ihn hören."

Nicht die Zeit verträumen! Es war noch viel Arbeit zu erledigen, und auch die Kinder mußten zu ihrem Recht kommen. Sie hatte ohnehin durch die Plauderstunde mit Gabriele Langen schon manches versäumt. Also schnell hinüber zu den Kleinen, um mit ihnen das Abendessen einzunehmen.

Die Kinder hatten sofort allerhand Wünsche, unendlich viel zu erzählen, und alle die kleinen Neuigkeiten erregten natürlich Bärbels Interesse. Wie schön war es doch, daß alle drei keine Geheimnisse vor der Mutter hatten. Alle kleinen Sünden, alle begangenen Missetaten wurden gebeichtet, ohne daß Bärbel daran zu mahnen brauchte.

„Mutti, haste auch bald Osterferien wie wir?"

„Vielleicht hat die Mutti in der nächsten Woche etwas mehr Zeit für euch."

„Na, dann ist es ja gut", meinte Hermann erleichtert. „Ich dachte schon, das geht nun immer so fort. Schön wäre das nicht, aber – freilich, Brotverdienen ist eine saure Beschäftigung."

„Zu Ostern suchste mit uns Eier, Mutti?"

„Aber freilich, kleiner Jürgen."

„Und Erna will auch viele Ostereier und ein Osterhäschen."

„Der Onkel Geheimrat will mir auch Ostereier bringen. Ich habe ihm gesagt, hundert Stück sollen es sein."

„Jürgen, du bist ein kleiner Vielfraß!"

„Mutti, Ostern, sagte das Fräulein in der Schule, da ist Auferstehung. Aber der Vati steht nicht auf?"

„Aus seinem Grabe kommt er freilich niemals wieder hervor, mein lieber Junge. Doch an allen hohen Festen ist der Vater euch ganz besonders nahe. Und am Auferstehungsfest müßt ihr doppelt daran denken, daß der Vati in euch lebt. Schau, manchmal ist es gewiß der Vati, der euch alle die guten und schönen Gedanken eingibt. Als Hermann im Winter Herrn Hampel vom Ertrinken errettete, war es der Vater, der in ihm lebte, der ihm zurief: „Hermann, rette den Ertrinkenden!""

„Ja, Mutti", meinte Hermann. „Ich habe auch immerzu an den Vati denken müssen."

„Und wann lebt der Vati besonders in mir?" wollte der kleine Jürgen wissen.

„Wenn du einmal ein Unrecht begangen hast, und wenn es dir im Herzen so schwer ist, dann klopft der Vati in deinem Innern an und mahnt: „Jürgen, kleiner Jürgen, denke daran, daß du ein Unrecht begingst und mache es wieder gut.""

Eine kurze Stille trat ein, dann sagte Jürgen: „Ja, das habe ich schon gemerkt. Manchmal steckt der Vati ganz toll in mir! Oh, dann ist es mir so schwer."

„Siehst du, Jürgen, du hörst ihn also auch schon. Darum ist uns der Vati auch niemals gestorben, darum lebt er weiter für uns, darum vergessen wir ihn niemals."

„Mutti ist der Vati auch bei der kleinen Erna?" forschte die Jüngste und schlang die Ärmchen um den Hals Bärbels.

„Ja, mein Mädelchen, er kommt abwechselnd zu jedem von euch und paßt gut auf, daß ihr gute und brave Kinder werdet."

„Wo ist er denn, wenn er in mir ist?"

„Hier in deinem kleinen Herzen."

„Och, der Vati in mir?“

„Ja, Kleinchen.“

Das kleine Plappermäulchen schwieg. Alle drei Kinder schienen über die Worte der Mutter nachzudenken.

Jürgen unterbrach schließlich die Stille. „Wenn aber nun Ostern der Auferstehungstag ist, ob er dann nicht vielleicht mal zu uns kommt?“

„So ist das nicht gemeint, Hermann. Ich sagte dir schon, daß der Vati in den Feiertagen euch doppelt nahe ist.“

Es war am nächsten Morgen, als Bärbel mitten in der Arbeit von ihrer Kleinsten gestört wurde. Frau Leuschner kam hinter dem Kinde ins Atelier gegangen.

„Sie läßt sich nicht halten, Frau Wendelin, sie muß Ihnen etwas sagen.“

„Mutti“, rief die Kleine erregt, „horch mal!“

„Was soll ich denn hören, Kleinchen?“

„In mir rumort es so fürchterlich, – Jetzt höre ich den Vati ganz deutlich.“

Erna atmete tief und lang, der kleine Kindermagen knurrte.

„Der Vati redet mit mir, – horch doch mal. – Mutti, was sagt er denn?“

„Da wollen wir einmal horchen, Kleinchen. – Oh, die Mutti versteht es ganz genau.“

„Was sagt er?“ fragte Erna gespannt.

„Lieb sein, – brav sein, – gut folgen, nicht immer gleich weinen und um sich schlagen.“

„Ach, – das sagt er jetzt?“

„Ja, mein Kind.“

Da klopfte Klein-Erna zärtlich auf den Magen und sagte mit ihrem süßen Kinderstimmchen: „Ja, lieber Vati, ich versprech es dir. – Nun sei nur wieder still.“

Noch lange hielten sich Mutter und Tochter fest umschlungen. – –

Schon am übernächsten Tage kam Gabriele Langen mit der jungen Photographin. Voll unendlichen Mitgefühls schaute Bärbel auf das schwarzgekleidete junge Mädchen, dessen Antlitz vor Schmerz und Verzweiflung wie versteinert war. Die warmen, innigen Worte, die Goldköpfchen sprach, lösten gerade das Gegenteil von dem aus, was Gabriele Langen erwartet hatte. Leidenschaftliche Anklagen gegen das grausame Leben flossen über die Lippen Karlas. Kein Glauben an die Zukunft, kein Hoffen auf Linderung des Schmerzes, kein Vertrauen zur eigenen Kraft.

„Was soll ich hier, wozu noch weiterleben? Ich will nicht!"

Gabrieles Antlitz verfinsterte sich. Bärbel dagegen faßte nach den Händen der Unglücklichen und hielt sie fest.

„Wir beide tragen das schwarze Kleid, uns beiden nahm das Leben so viel, daß wir kurz nach dem Verlust glaubten, es hätte uns nichts mehr zu schenken. Ich kann Sie sehr gut verstehen, Fräulein Schilling, ach, gar zu gut! Vielleicht habe ich in der ersten Zeit meines Schmerzes genau so gedacht, obgleich ich nicht so einsam war wie Sie. Aber Sie sollen jetzt nicht mehr länger einsam sein. Suchen Sie sich Freunde, Menschen, die mit Ihnen empfinden können. Sehen Sie, dieses schwarze Kleid, das wir beide tragen, ist wie ein Symbol. Erst ist alles, alles schwarz und dunkel um uns her; doch dann kommt die Zeit, die gütige, lindernde Zeit, und man vertauscht das schwarze Gewand mit einem grauen. Es wird ein wenig heller um uns her. Die Seele richtet sich ganz langsam auf, und schließlich hat man selber Sehnsucht nach dem weißen Gewand, nach dem Licht, das unsere Zukunft wieder erhellen soll. Liebes Fräulein Karla, nur nicht verzweifeln, denn wer am Leben verzweifelt, der ist verloren. Aber in den Stunden der Verlassenheit hilft uns nur die Arbeit und ich habe Arbeit für Sie. Wollen Sie bei mir tätig sein? Morgen, nein, schon heute, gleich jetzt, sollen Sie Arbeit haben. Sehen Sie um sich, es wartet Beschäftigung auf Sie."

Noch richtete sich der trotzig gesenkte Kopf nicht auf. Aber um die zusammengepreßten Lippen zuckte es leise.

Und immer weiter sprach Bärbel. Sie brauchte ihre Worte nicht erst zu überlegen. Sie dachte zurück an die Stunden ihres ersten Grames. Da flossen die Worte wie von selbst über ihre Lippen.

Als Karla Schilling in lautes, wildes Weinen ausbrach, zog Bärbel den Kopf des jungen Mädchens an ihre Brust.

„So lege ich das Haupt meiner Kinder an mein Herz, wenn sie mit ihren kleinen Sorgen zur Mutter kommen. Dann fühlen sie, daß ich es gut mit ihnen meine. Genau so soll auch Ihr müdes Köpfchen an meinem Herzen ruhen, bis Sie das Pochen verstehen, Karla, bis Sie wissen, daß neben Ihnen jemand sitzt, der Ihre große Not begreift, der Sie aufrichten möchte. – Nein, vor dem Leben wollen wir uns nicht fürchten, meine liebe, kleine Freundin, das paßt nicht mehr in die heutige Zeit. Den Kopf hoch und mutig voran! Freilich, je jünger man ist, um so dichter scheint das Dunkel zu sein, in das man nun hineintappen soll. Aber das ist ganz falsch. Noch einmal, Fräulein Schilling, bei mir liegt gar viel Arbeit, ich bitte Sie, helfen Sie mir!“

Gabriele Langen sagte kein Wort. Sie fühlte, Bärbels Seele rang um das verzweifelte junge Menschenkind, Bärbel breitete ihre gütigen Arme weit aus, um einer Schicksalsgenossin beizustehen. Noch immer zitterte Karlas Körper in verhaltenem Weinen, doch immer fester legten sich Bärbels Hände um die Aufgewühlte.

„Man kann es schon zwingen“, sagte sie leise und weich. „Ich habe es an mir selbst erfahren. – Wollen Sie es nicht auch versuchen?“

Nochmals eine wilde Anklage gegen das grausame Leben; dann zerbrach Karlas Widerspruch an Bärbels gütigen Worten.

„Arbeit“, rief sie leidenschaftlich, „ja, arbeiten will ich, auf daß ich alles vergesse!“

Noch in derselben Stunde führte Bärbel die neue Hilfskraft in die Dunkelkammer, gab mit ruhiger, energischer Stimme die notwendigen

Anweisungen und lauschte zwischendurch angstvoll, ob der Schmerz Karlas nicht erneut die Überhand gewinnen werde. Es war ein gewagtes Experiment. Bärbel wußte nicht viel von der Fremden, aber sie hatte in diesem Augenblick nur den einen Wunsch, das junge, mutlose Mädchen über das Schwerste hinwegzubringen, einem hoffnungsleeren Leben wieder Inhalt zu geben.

„Eine wundertätige Fee bist du", sagte Gabriele bewundernd. „Weißt du, Bärbel, was man dir über dein Leben schreiben müßte? Alle Menschen werden Brüder, wo dein sanfter Flügel weilt. Du, die vom Leid geprüfte, du, die geläutert daraus hervorgegangen ist, du kannst uns allen ein Vorbild sein." –

Karla Schilling kam täglich nach Heidenau hinaus. War sie auch anfangs sehr verschlossen, so merkte Frau Wendelin doch, daß sie sich mit Eifer auf die Arbeit stürzte. Es geschah wohl auch, daß mitunter ein hartes Wort von Karlas Lippen fiel. Goldköpfchen hörte es absichtlich nicht. Der Schmerz, den die Ärmste erlitten hatte, mußte zuerst überwunden werden. Da durfte sie mit unüberlegten Äußerungen nicht abrechnen. Die Arbeit, die Karla Schilling leistete, war einwandfrei, und so blieb Bärbel von nun an manche Viertelstunde, die sie den Kindern schenken konnte. Es war vielleicht wieder möglich, alte Freunde und Bekannte zu besuchen. Sie hatte in der letzten Zeit, wegen zu überreichlicher Arbeit, sogar Forstrat Schmeling und seine Gattin vernachlässigen müssen. Auch die regelmäßigen Sonntagsbesuche bei Geheimrat Rose waren unterblieben, zum Schmerze Hermanns, der sich mit leidenschaftlicher Liebe an den alten Gelehrten angeschlossen hatte. Aber nun, da Karla Schilling im Atelier mit arbeitete und alle einfacheren Aufträge selbständig erledigte, hatte es Bärbel leichter.

Ostern! – Ganz flüchtig war erwogen worden, daß Goldköpfchen mit den Kindern nach Dillstadt zu den Großeltern kommen sollte. Doch rasch wieder hatte man diesen Plan fallen lassen. Dagegen hatte sich Bruder Kuno für einige Tage in Heidenau angesagt. Auch Geheimrat Rose wollte einen Nachmittag im Kreise seiner jungen Freunde verbringen. Man hatte auch Karla Schilling, die Einsame, eingeladen. So hoffte Bärbel, daß das Osterfest für alle glücklich und befriedigend verlaufen werde.

Sie hatte sich nicht getäuscht. Die Stimmen schwirrten durcheinander, und zeitweilig klang auch frohes Lachen hindurch. Alt und jung bunt durcheinander.

Bärbel vernachlässigte ihre Hausfrauenpflichten nicht. Sie hatte sich für ein Weilchen entfernt; als sie wieder ins Zimmer kam, blieb sie einige Augenblicke beobachtend in der Tür stehen. Ein Lächeln übersonnte ihr Gesicht. Wie war es möglich, daß in diesem Hause, in dem vor kaum einem Jahr grenzenlose Trauer und Hoffnungslosigkeit herrschten, wieder so viel Frohsinn wohnte? Ihre Augen überflogen die einzelnen Gruppen. Dort am Fenster Geheimrat Rose, neben ihm Hermann, auf seinen Knien Jürgen. Hermanns laute Stimme ertönte. Er war mit dem alten Gelehrten in Meinungsverschiedenheit über Indianerangelegenheiten. Immer wieder hielt er dem Geheimrat ein Bild aus dem Lederstrumpf vor die Augen.

„Da hast du dich mächtig verguckt, Onkel Geheimrat. So sieht er aus. In dem Buch steht es doch."

„Nein, mein Junge, ich habe mich nicht verguckt. Ganz genau habe ich mir die Rothäute angesehen."

„Na, so schau doch her!"

Und immer eifriger fuchtelte Hermann mit dem Buch vor dem Gesicht des alten Geheimrates hin und her, immer eifriger klang seine Stimme. „Du wirst dich doch verguckt haben!"

In der Ecke auf dem Ledersofa Karla Schilling in ihrem schwarzen, schlichten Kleid, und neben ihr Bruder Kuno. Was war das für ein zärtlicher Blick mit dem er das blasse Mädchengesicht streifte?

„Solange man lebt, muß man hoffen."

„Ja, ich will es versuchen!"

Ganz leise entfernte sich Bärbel wieder aus dem Zimmer. Im Augenblick war sie hier überflüssig. Keiner vermißte sie. Im Kinderzimmer spielte Erna mit ihren Puppen, Frau Leuschner, ihre Getreue, behütete die Kleine.

Rasch hinüber ins Atelier, einen lieben Blick zum Grabe des Entschlafenen werfen.

Und dann – – Bärbels Brust hob sich unter einem schweren Atemzuge. Irgendwo im Hause hatte einer den Rundfunkapparat angestellt. Die Fenster waren geöffnet, zu ihr heraus drangen die weichen, süßen Klänge eines Liedes. Sie kannte es sehr genau. Der Student hatte es dem Backfisch vorgespielt, der Verlobte seiner geliebten Braut, und später hatte Harald nur zu oft das Lieblingslied Bärbels auf dem Klavier ertönen lassen.

Sie legte das Gesicht still in beide Hände. „Ich liebe dich", sang unten eine Stimme, „ich liebe dich, in Zeit und Ewigkeit."

„Ich liebe dich", flüsterte Bärbel und schaute zum stillen Hügel hinüber.

Nun kamen doch wieder die Tränen. Und gerade, als Bärbel das Gesicht in ein Kissen drückte, wurde stürmisch die Ateliertür geöffnet. Laut weinend stürzte die kleine Erna herein.

„Mutti", schluchzte ein unglückliches Kind, „ich habe ihr doch nur in die Augen gepiekt, nu sind die Augen der Puppe in den Bauch gekullert. Nu hat sie keine Augen mehr."

Welch wilder Kinderschmerz klang durch diese Worte. Mit rascher Bewegung rieb sich Bärbel die Augen trocken. Sie wußte, das Leid dieses Kindes war im Augenblick ebenso groß wie das ihre. Und was hatte sie versprochen? Für die Kinder da zu sein, erst die Kinder, dann sie selbst.

„Da müssen wir die Puppe rasch wieder in Ordnung bringen, Erna. Es ist ja gar nicht so schlimm. Deine Puppe kann doch auch einmal krank sein. Und morgen ist sie wieder ganz gesund."

„Kannst du sie wirklich wieder gesund machen, Mutti?"

„Ja, mein Kleinchen."

Die Kindertränen versiegten sofort. Ein Leuchten brach aus den hellen Augen.

„Die Mutti kann alles“, sagte der kleine rote Mund bewundernd. „Was habe ich für eine liebe Mutti!“

Bärbel nahm die Kleine auf den Arm. Von unten herauf klang es wieder: „Ich liebe dich!“

Goldköpfchen schaute auf ihr Jüngstes nieder, und die Lippen murmelten:

„Mein Mädelchen, ich liebe dich, ich liebe euch in Zeit und Ewigkeit!“